著
日向雪
イラスト
鳴鹿

紅の魔術師に全てを注ぎます。好き。

聖女の力を軽く見積もられ
婚約破棄されました。
後悔しても知りません

2

TOブックス

第２章
聖女陰謀編

イラスト✦鳴鹿

デザイン✦Veia

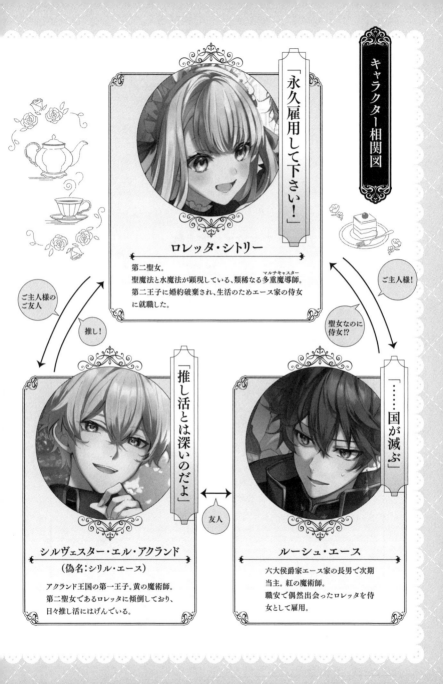

キャラクター相関図

「永久雇用して下さい！」

ロレッタ・シトリー

第二聖女。
聖魔法と水魔法が顕現している、類稀なる多重魔導師《マルチキャスター》。
第二王子に婚約破棄され、生活のためエース家の侍女に就職した。

ご主人様のご友人

推し！

ご主人様！

聖女なのに侍女⁉

「推し活とは深いのだよ」

シルヴェスター・エル・アクランド

（偽名：シリル・エース）

アクランド王国の第一王子。黄の魔術師。
第二聖女であるロレッタに傾倒しており、日々推し活にはげんでいる。

友人

「……国が滅ぶ」

ルーシュ・エース

六大侯爵家エース家の長男で次期当主。紅の魔術師。
職安で偶然出会ったロレッタを侍女として雇用。

バーランド・レイ・アクランド

廃嫡された元第二王子。元ロレッタの婚約者。

ユリシーズ・シトリー

ロレッタの父。氷の魔術師。未だに兄の脛を齧っている。

ココ・ミドルトン

バーランドと関係を持ち、男爵家を勘当された。

ローランド・セイヤーズ

ユリシーズの兄。ブラコン。六大侯爵家セイヤーズ家当主。

第一聖女

第一王子シルヴェスターの妃。神官長の娘。

第三聖女

アクランド王国の王子。第四聖女とは双子。便宜上は第三位聖魔導師。

第四聖女

アクランド王国の王子。第三聖女とは双子。便宜上は第四位聖魔導師。

第五聖女

第三王子の婚約者。

聖女 光の魔法の使い手で魔力が高く、治癒などの癒しの魔法に特化した者の中で、一定基準以上の者を指す。

六大侯爵家 アクランド王国建国の立役者。七賢者の家系。炎、水、風、土、光、闇、六属性を引き継ぐ。筆頭は紅の魔術師であるエース家。序列二位が蒼の魔術師であるセイヤーズ家。

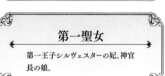

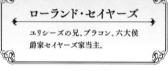

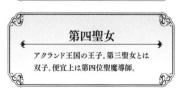

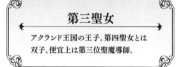

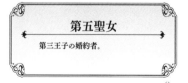

第２章
聖女陰謀編

I put everything
I have into
the Red Wizard. Love.

第1話　あの日からの始まり

第二王子殿下にお前は不要だとか、お前は可愛くないだとか、俺は真実の愛に目覚めたとか、好き勝手に、言いたい放題言われて、私は路傍《ろぼう》の石のように捨てられた。

王立学園の卒業を祝うダンスパーティーでだ。

それはもう一大スキャンダルで、王宮中を、いや王都中を駆《か》け巡った。

……嘲笑《ちょうしょう》が。

その恥ずかしさや口惜《くちお》しさは酷《ひど》いものだった。

目の前にいる自分の婚約者が自分を指さして、嫌いだと、いらないと宣《のたま》ったのだ。

そんな経験をする女の子はそうそういないと思う。

そうそうどころか、きっと私だけ。

哀れな経験。

恨《うら》み辛《つら》みはもちろんあるのだが、その第二王子であるバーランド・レイ・アクランドは、私との婚約破棄を機に平民に降下《こうか》。

更には男爵令嬢だと思っていた真実の愛のお相手ココ・ミドルトンは戸籍《こせき》上平民だったということで、二人で平民婚を挙げるという流れになった。

けれど、平民同士の結婚は二人の望んでいるものではないのだそうで……。

更にココには罪状があり、罪を償う必要があり、元第二王子は元第二王子で一兵卒《いっぺいそつ》として国境線を守るという王命。

二人が結婚を望むなら、それぞれの責務を果たしたその先になりそうだ。

一寸先はどうなるか分からない。

私も。

王子も。

私は第二王子殿下の婚約者という立場から、一瞬で転がり落ちて、瑕物《きずもの》の伯爵令嬢になった。

思い描いていた将来とは別物。

だから。

今度こそ。

他人じゃなくて自分の人生は自分で選べるように。

また高位貴族に嫁いだら、夫となる人の気分で自分の人生が決まってしまうから。

そんなのは嫌だったから。

私は職安に転がり込んで、エース家の侍女職を手に入れたのだ。

エース侯爵家というのは、この魔法大国アクランド王国の筆頭貴族。

アクランド王国の礎《いしずえ》を築いた賢者の末裔《まつえい》。

アクランド王国は七人の賢者によって建国された。

雷の賢者。

炎の賢者。

水の賢者。

土の賢者。

風の賢者。

闇の賢者。

光の賢者。

雷の賢者は王になり、六賢者は六大侯爵家になって国を支えることとなる。

エース家というのは、炎の賢者の末裔。

侯爵家中序列一位だ。

炎を司りし者は、紅の瞳をしている。

ルビーのように透き通った紅色。

その筆頭侯爵家の次期当主であるルーシュ様に仕えることになったのだ。

紅い瞳をした紅の魔術師。

その紅い瞳の色と髪は魔導師ではなくとも憧れる。

攻撃力を一手にした魔導師と言われている。

私の婚約破棄式が終わってから、父のシトリー伯爵は、今日は用事があるから王都観光は明日にしよう、と言って何処かに行ってしまった。

慰謝料《いしゃりょう》の書類は大切そうに持っていたが……。

最初から最後まで存在感のなかった母は、肩が凝《こ》っちゃったわ……と言いながら、淑女にあるまじきことに首を左右に動かしながら、明日が楽しみね？　と脳天気なこと言う。

確かに楽しみですけれども、本当に観光代はどうする？

もしかして今回の慰謝料？

ありえるわ。

うちの親ならありえる。

そんな疑問を持ちつつエース家の離れに帰宅し、私はルーシュ様と共に執務室にいた。

彼は胸のポケットにしまった眼鏡を取り出して、着けたり外したりしながら性能を確認している。

結構気に入っているのでしょうか？

下級神官の礼服は灰色のラインが服の輪郭《りんかく》を象《かたど》るように入っている。

シンプルで裾が長く、いかにも修道士が着るデザイン。

見始めるとついつい目が離せなくなってしまう。

私の婚約破棄式に、下級神官の制服を来て潜入《せんにゅう》してくれていたのだ。

その時、第二王子殿下の乱暴な振る舞いから、炎で助けてくれた。

雇ったばかりの侍女の為に——

炎の魔術師の血統継承である、蒼い炎で。

深淵《しんえん》の炎。

全てを燃やし尽くし、無に帰す。

国を平定した王の隣にあった炎だと言われている。

ルーシュ様、素敵です……。

伝説レベルに。

「こうして見ると、敬虔《けいけん》な二人組だな？」

ルーシュ様は少し笑いを含みながら言った。

そう言えば私も聖女の礼服、自分的戦闘服だ。

ルーシュ様も神官服で、傍目から見ると、とても敬虔な二人組で教会が良く似合う。

言われてみればその通り。

このまま慰安訪問にも行けそうな出で立ち。

彼は変装ですけども。

「本当にその通りですね。いつか二人で出掛けたいです」

「え？」

「え？」

いやいやいや。

私、何言ってるの？

ルーシュ様は出掛ける話なんかしてないよね？

どうして出掛けるとか言い出した？

妄想？

「街の教会とか、孤児院とかそういう所に行ってみたいです。今までは貧乏だったので手ぶらで行っていたのですが、初めてのお給金が入ったら、城下で甘いものを買って行ってみたいです」

言ってしまったついでなので、何か色々付け加えてみた。

ルーシュ様は紅の魔導師であり、エース家の次期当主。

神官になる未来は来ないからこそ、このお姿は貴重な気がする。

実は近い未来、定期的に神官服に袖を通すことになるのだが、そういった未来は今の私には預かり知らぬこと。

「……では、今度王都の孤児院でも行ってみるか。魔法省に気になる報告が上がっていたからな」

「気になる報告ですか？」

「そう。部下に行かせる予定だったのだか、俺が直接行くのもありかも知れない」

「なるほど」

部下ですか……？

部下がいらっしゃる？

私より二つ年上の今期十九歳。

入省三年目で部下がいらっしゃる。

有能です！

御主人様！

「……しかし、ロレッタは第二聖女なのだから、手ぶらでも問題ないだろう？　聖魔法が最大の手土産になるだろうし？」

「いえいえいえ。確かに聖魔法は傷病を治すことは出来ますが、甘くはないですしお腹も膨れませんから」

「……お腹」

「そうです。やっぱりこう甘いものにはですね、特別な天使と言いますか、魅惑的な小悪魔と言いますか、そういうものが宿っているのですよ」

「天使と悪魔は逆だが」

「いえいえいえ。甘い天使と苦い悪魔が共存しているのです」

「……へー」

「まあ、簡単に言えば夢のコラボのようなものです」

「……ほー」

「私は焼き菓子など買えない身分でしたので、聖女科の薬草畑の隅にこっそり小麦を植えていたのですが」

「いや、こっそりって。金色の穂がいかにも目立ちそうなのだが」

「いえいえいえ。その辺は抜かりありません。背の高い薬草の近くに植えるのがコツですよ」

「……コツ」

「そうコツです。バレないコツ」

「聖女らしくない発言来たぞ」

「気にしたら負けです」

「……」

「大丈夫。気にしないのもコツです。我が主《あるじ》」

「？　我が主？　騎士が忠誠を誓うみたいな呼び名になってる」

「すみません。今、若干心の声が漏れたかも知れません」

「お前は心の中で俺のことを『我が主』と呼んでいるのか？」

「……」

私は少し顔を赤らめて俯いた。

「格好良くて、頼もしくて、剣を預けるに値します」

「剣？」

「剣です」

「剣とは？」

「聖女の剣は光の聖魔法……と言いたいところですが、水魔法も使えるので水の剣の方がロマンチックでしょうか」

「水の剣は硬いのか？」

「硬いですよ？　色々切れます」

「……俺の戦いの最中に水を使うなよ？」

「？」

「火力半減だ」

「!?」

ルーシュ様の炎を打ち消してしまう!?

まさかの反属性!?

私は少し体が震えそうになる。

「炎の天敵は？」

「水だろ……」

第2話　天敵にはなりたくありません

「何を今更？」

確かにルーシュ様の言うように今更感がある。

魔法相性は基礎中の基礎。

むしろど基礎の部類。

いや……ど基礎というより、アクランド王国の国民全てが子供の頃から知っている常識という部類のものだろうか？

それはそうだ。

この身に染みついてる魔法大国の教えのようなものだから。

相性が良い魔法は力を何倍にも増幅してくれる。

雷は水の支援を受けると、範囲も威力も莫大に上がる。

炎は風だ。

強い風が吹くと追い風になって、数倍の速さで燃え広がるのだ。

魔法省でチームを組むとなれば、もちろんこの相性が優先される。

炎の魔導師の横に水の魔導師を配置してどうする？

そんな采配を行う人間なんていない。

それは当然主従の関係にも言えるのではないだろうか？

主に何かあり、例えば盗賊に襲われたとする。

従者は主人を守って戦う訳だが、相性が悪い場合、早々に「離れてろ！」となるのではないだろうか？

まったく役に立つイメージが浮かばない。

むしろやっぱり「出来るだけ遠くに離れていろ！！！」という感じだ。

気遣いでもなんでもなく素で。

本気で離れてほしい。

絶対近づかないでほしい。

くらいの勢い。

使えない。

それは使えない従者だ。

私の想像上の主を守って戦う格好いい戦闘メイド？

とは全然違う。

現実はメイドでも騎士でも護衛でもなく一介の侍女なのだが。

そうは言っても戦える侍女の方が戦えない侍女よりお得感があると思う。

私は水の魔導師なのだから、戦える侍女というのも夢ではない。

残念ながら聖女科在学生だった為、戦闘は教わっていないのだが。

もう一度魔法科に入学し直して水の魔導師として訓練を受けたいくらい……だが。

さすがにそれは、学費も時間も労力も計り知れない。

そこまで考えて、ふと名案が浮かぶ。

何もそんな馬鹿高い授業料を払わなくても、セイヤーズ家にお願いすればよいのではないか？

よくよく考えれば私のお祖父様《じいさま》と伯父様は超一流の水の魔導師だ。

今日まで意識した事はなかったが。

父が伯父にお小遣いをせびる仲ならば、それほど難しい案件ではない気がする。

父からお願いして貰えば、承諾して頂ける？

いや待て待て。

エース家とセイヤーズ家って仲悪くなかった？
魔法相性も当然悪いのだが、塩問題。
更には領地が隣接している事により起こる境界線問題などなど。
隣接地の領主同士にありがちな、不仲説。
……エース家の侍女に戦闘訓練を施してくれる？
想像出来ない。
ない線かもしれない。
ロレッタは主従の相性問題が衝撃だった為、主人の前で長い妄想に陥《おちい》る。
それこそが使えない侍女であり、不敬である事に気が付かずに……。
固まったまま、ロレッタは水と炎の相性について深慮《しんりょ》していた。
何事も例外というものがある。
一般的に炎と水の相性は最悪だとしても、抜け道があるかも知れない。
あるなら当然探すべきだ。
直ぐに見つかるとは思えないが、根気よく探すべきだろう。
その価値は計り知れない。
計り知れないというよりは……やらなきゃ不味いだろという種類のもの……。
兎に角、諦めるという選択肢はない。
相性問題の解決法を探すのだ。

次の論文は『炎は本当に水と相性が悪いのか?』にしよう。

卒業論文『体内の魔力制御』略して省エネ研究と同じくらい自分にとって身近で喫緊《きっきん》の課題ではないだろうか?

「ルーシュ様、私、早急に手を付けるべき研究を思い付いたのですが」

「え? 研究?」

「はい。研究です」

「……小麦はどうした」

「え? 小麦?」

「小麦の話をしてたよな?」

「………」

確かに。私たちは小麦の話をしていた……気がする。

「確かに小麦の話をしていました」

「……その上、話の流れ上、研究テーマは十中八九、想像が付くのだが」

「え?」

「いや、だってだな。ロレッタは炎の天敵は水という話をしていて固まったよな」

「……はい。大変な衝撃でしたので」

「いや、この期に及んでそこ?」

「はい。魔法大国であるアクランド王国の津々浦々まで知れ渡っている常識です」

「忘れてたのか？」

「ええ。綺麗に忘れておりました。気づきもしなかったと言いますか……。これは潜在的な現実逃避なのでしょうか……」

「いやいやいや。そこまでじゃないだろ。単純にど忘れ系じゃないのか？」

「そうでしょうか……」

「……いや……まあ、そこはそんなに重要なところじゃないし」

「……」

「……で、研究テーマは『炎と水の相性再考』辺りか」

「……まさにその辺りです。ルーシュ様、名推理ですね！」

「いや……まんまだろ」

「まんまですか？」

「かなりな」

「……」

小麦に話を戻すと、収穫期はもう少し先だが、そろそろ聖女科の畑が気になる時期……。

もう卒業して手は離れたのだが。

気になる。

曲がりなりにも成長ものなので。

学長先生に許可を申請してみようか？

人手があって迷惑ということはないと思うのだが……。

逆に断わられたら吃驚《びっくり》してしまう。

もちろん小麦うんぬんではなく、薬草作りのお手伝いという綺麗《きれい》な名目で。

そして休日に手入れを少々……。

しかし第二聖女である私が卒業し、第五聖女が休学し、事実上畑の手入れをする人間が第三聖女と第四聖女のみ……。

永久如雨露《じょうろ》があっても、少し危なっかしくないですか？

畑の行く末。

これは聖女科だけの問題ではない。

未来のポーションの量に直結する。

大変困った状態だ。

聖女科の畑と教会の畑というのは隣接していて、というより教会の畑の一部が聖女科に貸し出されている形だ。

しかし……正直一部なんて量じゃなかった。

半分以上聖女科の学生が耕していた気がする。

境界線はどこだったのだろう？

都合により動くタイプの線だった？

神官の方々は畑仕事は本職にあらず。

別に学生だって本職ではない。
本来なら教会の資金で人を雇うはずなのだけど……。
雇ってなかったわね。
なんで？
教会にとって収入に直結する大切な仕事だ。
薬草管理人は重要な仕事。
けれど。
実際は雇っていないという事になる。
貧乏……？
え？
貧乏なの？
学生が自習に使うはずの農地で、自習どころか本職の方も裸足《はだし》で逃げ出す耕しっぷり。
早朝四時から薬草畑に集合だった。
毎日だよ？
どゆこと？
第五聖女も心が折れた。
多分。
教会は貧乏なの？　という話になってくる。

しかしアクランド王国の聖教会といったら、一大権勢を誇っている。
もっと分かりやすく言うと、寄付やポーション、聖女による聖魔法。
光魔法一回の金銭は庶民の一ヶ月分の収入だ。
まったくお安くない。
むしろ凄いぼっている。
聖魔法は教会所属の聖女が執行する。
しかし、聖女にその額は支払われない。
金銭の遣り取りは全て教会を通す形だ。
いったい何割が聖女に支払われるのだろう?
教会の会計が見たいところだが、それは会計主任が管理している。
いわゆる上級神官の管理下にあり、下級神官、中級神官、聖女は見ることが出来ない。
学費も自腹だったし、寮費も自腹だった。
私は大変な貧乏貴族だったが、学費は免除されなかった。
免除されるのは庶民のみ。
私の学費は実際どうしていたのだろう?
生活は苦しかったが、学費と寮費を滞納したことはない。
……お父様が踏ん張ってくれたと感謝していたが、違うのかも知れない。
……伯父様?

セイヤーズ家の伯父様…………。

次男気質はどこまで行っても次男気質?

昨今、どころか本来次男であっても、自分の子の学費は自分で出すだろうと思うのだが……。

父のあの様子だと、大変心許ないです。

教会は貧乏?

ロレッタ達学生は、朝から広大な薬草畑の手入れをしていた。

永久如雨露があっても心が折れそうだった……。

高等部に入ってからは、どういう条件下が自生しやすいのかと本気で考えるようになっていた。

ええ。

自生が一番手が掛からない。

野草状態というか、周囲に生える雑草なんて抜きもせず、共生させ、自然の状態で管理する。

新たに種などまかず、秋に勝手に飛んだ種のみを頼みの綱とする。

当然収穫量は落ちるが、畑仕事の拘束時間も落ちる。

畑ではなく管理された草むらとかそういう種類だろうか。

荒れているとも言うが……。

収穫期なんぞもなく、必要な時に必要なだけ必要な野草を採取する。

しかし薬草とは乾燥させて使うものも多いので、在庫がなくなりそうになると、採取して天日干しだ。

あれはもうなんというか、馬車馬《ばしゃうま》操業？

いやいやちょっと意味が違う。

馬車は止まっても倒れないし。

兎にも角にもギリギリで乗り切っていたという感じだった。

しかし、高い学費を払いながら、やっていた事は、薬草畑の管理、F級ポーション作り、月に一回の孤児院訪問……。

正式に教会に配属された聖女は孤児院ではなく、王立病院の訪問、教会内の診療スペースでの治療、王侯貴族の訪問など仕事は多岐に渡る。

孤児院は学生が担当していた。

それでも学生なのであまり遠い領地には赴けないが……。

各領地には必ず教会がある。

特に六大侯爵家の領地は王都から距離がある為、領主城がある地に大きな教会があり、聖女が常勤している。

例えば、聖教会セイヤーズ領ラクアシェル教会というような形。

凄い年配の聖女が担当だったりする。

そういえば、中央よりも六大侯爵領の方が待遇も給金も良いと聞いたことがある。

領主様が色を付けてくれるのかもしれない。

教会トップの大聖女にでもならない限り、領地勤務も良さそうだ。

六大侯爵家の領主城がある地は、全て小さな都という意味で小王都と呼ばれている。

六城を拝覧したという人は、相当の旅好きか商会や旅芸人だろうと思うが、それぞれに壮麗で、また別種の趣があり、訪れた者に感銘を与えると言われている。

私もいつか見てみたい。

湖の畔に建つセイヤーズ領の城。

エース領の港街が一望出来る、丘の上に建つ城。

六つの城には別名があり、城の外観や産出物などに由来していると言われている。

一番最初に見られるのは、きっとセイヤーズ領の城か、エース領の城になりそうだ。

ちなみにシトリー領は城などない。

手入れの行き届いていないこぢんまりとした領主館があるだけだ。

まあ、貴族と言ってもピンキリ。

六大侯爵家とて没落危機があってもおかしくはない筈《はず》なのだが、建国以来没落した家などない。

伯爵家以下は没落の話も時には聞くが……。

シトリー家は没落というか栄華の経験もない。

人によっては、知られてすらいない家だ。

最新の貴族名鑑には載っている……筈《はず》。

聖女科学生は只《ただ》働き必須。

ということはない……筈《はず》。

「ルーシュ様、つかぬ事をお伺いしますが、魔法科は小麦など畑で作っていましたか？」

「……何故魔法科が小麦？　畑すらなかったが」

「そうですよね？」

「そうだろ」

魔法科はもちろん、教養科だって野良仕事などはない。

だが、魔法科は六年生の時に魔法省で実習が入る可能性がある。

聖女科六年も教会で実習だ。この辺りは学びの性質によるものかも。

「最終学年の時は、魔法省に実習に行かれたのですか？」

「行ったな。一週間」

「え？　一週間!?」

短い。

見学のようなレベルの短さだ。

聖女科は三ヶ月だ。

しかも何故か長期休暇中に入る。

つまり夏季休暇や春季休暇や土日に予定が組まれる。

聖教会って日曜日は安息日じゃないのかしら？

祈りを捧げる日じゃないのかしら？

まあ、聖女は毎日祈ってますけども。

私たちの光が東の果てまで届きますように。
私たちの祈りが西の果てまで届きますように。
太陽の光が、全てのものに等しく降り注ぎますように。
私たちの光も世界を照らすものであり続けますように。
神なる父の右手の代理者でありますように。
神なる父の左手の代理者でありますように。
聖女は右手に光を宿し、左手に糧を宿す者。
私たちの腕《かいな》が貧しい人の、困難な者の、
病で苦しむ者の、全ての人を包む広きものでありますように。

侍女になった今も、毎日起きたらベッドに跪き手を組み祈っている。

聖魔法を持った者の祈りは特別と言われている。

祈りの文言を呟くと、小さな聖魔法が発動して空気中に溶けるように広がっていく。

その効果は、浄化とも守護とも言われているが、はっきり目に見える形では現れない。

けれど私は毎日欠かさず祈りを捧げている。

魔法展開ではないはずなのに、微量の魔法が発動しているということは、何かしらの効果があるということだ。

祈りの言葉の中にあるように、東の果ての果て。

病で苦しむ者がいるのなら、どうか風に乗って運んでほしい。

そして、聖女は右手に聖魔法を宿し、左手に日々の糧を握ると言われている。

故にやっぱり、小麦はとても大切で、畑の一部でこっそり小麦を作って、左手にクッキーを抱えて孤児院を訪れることは重要なのではないかと本気で思っている。

しかし……小麦は野草？

という訳にはいかない。

いや、元の元、やはり小麦もこの大地に根付いた植物であるのだから、野草扱いにするのも夢ではない気がする。

それが植物の真理というものではないだろうか？

収穫量は桁違いに落ち込みそうだが……。

「時にルーシュ様」

「どうした？」

「王都観光に行った帰りに種屋に行きませんか」

「………まさかとは思うが、小麦の種を選びに行くんじゃないだろうな？」

「流石！　ルーシュ様！　名推理です」

「いや、そのまんまだ」

「まんまですか？」

「見紛うことなきまんまだ」

「原種の小麦の種が欲しいのです」

「一応聞くが………薬草畑に潜り込ませるのに原種の方が違和感がないからとか言うんじゃないだろうな？」

「流石ルーシュ様！　よくお分かりになりますね！」

「いや……だから……」

「楽しみですね！」

「…………」

第3話　紅い瞳の色

「いや……楽しみですね！　って」

「……楽しみじゃないのですか？」

「いや……楽しみじゃない訳ではないが、そもそも行く予定じゃないという段階の話で……」

「行かないのですか!?」

「………」

俺は行く予定じゃなかったよな？　それで合ってるよな？　勘違いじゃないよな？

「………ロレッタは久しぶりの家族水入らずだろうし……家族三人で行く予定で良いじゃないか」

「………それは……ちょっと」

何がちょっとなんだ？

一番ノーマルな組み合わせだぞ。

「ルーシュ様がいなければ楽しめません」

「いや、観光は雇用主などいない方が一般的に楽しめるのではないか？」

「そういう問題ではありません」

じゃあ、どういう問題なんだ。

「私の頭の中の予定ではですね。両親とは別行動で眼鏡屋に行ってですね、ルーシュ様に一番お似合いになる眼鏡を買ってですね、その場で色を入れる魔術を掛けて、梱包《こんぽう》して、感謝の言葉を添えて贈りたいのです」

「………」

頭の中の予定と言ったな？

間違いないな。

「気持ちをお伝えしたいのです」

「気持ち……」

「どれくらいあの場にいてくれた事を感謝しているか、それをお伝えしたい。伝えたいと思った時に、伝えたいのです」

「……いや、今まさに受け取ったから大丈夫だ」

「これは予定を伝えているだけで、気持ちではありません！」

「……………」

そうなのか？

大分気持ちも乗っていたと思うが……。

王都観光。

行く気満々のようだが、誰が主催なんだ？

「……時に、その王都観光とやらはシトリー家が予定を組んだのか？」

ロレッタは少し首を傾げる。

「違うと思います。父がそのような事は言ってませんでしたので……」

「じゃあ、誰が主催なんだ？」

ロレッタは更に首を傾げた。

知らないんだな？

知らずに行く気満々なんだな。

調べるか。

まあ予測は付くが。

「せっかくロレッタの両親が王都に上っているんだから、初日だけ挨拶がてら同行しよう」

「初日だけですか！」

いや……。

そもそも侍女と雇用主が王都観光って……。

別に良いが。

「では、エース家の馬車も用意しよう。伯爵と伯爵夫人は主催者の馬車で、ロレッタと俺は途中から眼鏡屋と種屋だな」

ついでに服とかも何着か買ってやりたいな。

どういう名目にするかな？

魔法研究と関連づけて、研究服とかが自然かな？

でも作業着みたいなものを選ばれるとちょっとどうだろうと思うな……。

ロレッタには、侍女として両親の身の回りの世話と、接待全般をするよう言ってあるので、滞在中は観光に同行してくれて構わないのだが、そこに俺もとなると微妙だな？

セイヤーズ家の次男とエース家の次期当主か……。

ただ、それを言い出したらきりが無い。

そもそもが泊まっているのだし。

あと小麦系の焼き菓子。

好きそうだったから、美味しいお店を調べておこう。

お茶も美味しい所がよいな。

ああでもこれは完全に主催者に恨まれるやつだ。

どうするかな？

目に見えるようだ。

『ルーシュ様に一番お似合いになる眼鏡を買って、その場で色を入れる魔術を掛けて、梱包して、感謝の言葉を添えて贈りたいのです』

眼鏡か……。

確かに今回はシリルこと王太子であるシルヴェスターの眼鏡を借りて変装した。

元々黄色の瞳を茶色に変える為の魔道具だ。

レンズに青と赤が配合してある。

つまり紅い瞳の俺が掛けると、青が入り紫へと変化する。

変装として使うならば紫への変化は賢明とはいえない。

紫と言えば闇の魔導師を表す色になるから。

瞳の色と髪の色が鮮やかな紫だと闇魔導師と間違えられる。

だが、今回わざわざ髪の色と瞳の色を変えたのは、紅の方が目立つからというシンプルな理由だ。

紫なら室内で濃い色の髪に見えなくもない。

もちろん意識をして見ればハッキリ紫だと分かるのだが。

紅や黄色という色は色の三原色でも分かるように、それ以上の色に分解出来ないもっとも彩度の高い純色になる。

太陽の下なら尚更、室内でも人目を引く色だという事だ。

派手とも言うが。

紅よりは紫の方が良いだろうという事で暫定的に紫にした訳だが、もちろん絶対多数の茶色ならその方が無難だ。

茶色も透き通る紅茶を思わせる綺麗な色ではあるが、不必要に人目は引かない。

髪も同じ事が言える。

つまりは目の前のこの侍女は変装の精度を上げるために、茶色に変化する眼鏡を贈りたいということなのだろう。

その方が変装として安全ではある。

更に本人が言うお礼がてらというものかも知れない。

ロレッタは大変に腰の低い侍女だが、侍女は主人を観光に誘ったりはしないから、心はまだまだ伯爵令嬢なのかな？　と思う。

そこが不器用でもあるが。

そもそも主人である自分が完全な侍女扱いはしていない。

侍女をカモフラージュにしているだけだ。

本気で侍女を極めさせるつもりはないが、カモフラージュにしては多少弱い気もする。

何と言っても今期のナンバーツーだ。

熱《ほとぼ》りが冷めたら王家から何らかの打診があるだろうし、その内容は第三、四王子との婚約だろう。

年齢的にも魔力素養から考えても第五王子の線は薄いので、第三王子か第四王子。

そしてその話がまとまらなければ教会への所属だ。

教会で聖女として働く。

この二択だろうなと思うが……。

一年も野放しにはしないだろうな？

第二王子と婚約破棄が成立した以上、内々には打診をしてくる筈だ。

もちろん雇用しているエース家ではなく、シトリー伯爵家にだろうが……。

伯爵は割とつかみ所のない人に見えたが、今回の婚約破棄騒動でセイヤーズ家が出てくるかも知れない。

名前だけでもセイヤーズの養女にした方が大変守りやすく、更には動きにくくなる。

聖魔導師で水の魔導師、聖女としてナンバーツーのフリーか。

第二王子から婚約破棄をされたという事で、伯爵令嬢としては大々的に疵《きず》物になった訳だが、六大侯爵家はそんなもの気にしないだろう。

面子よりも魔力だ。

貴族は大変面子に拘るが、六大侯爵家は面子より実質に拘る。

必要があれば面子に拘っているように見せることもあるが、それは演技だろうと思う。

更にいうと身分にすら拘らない。

これも拘っているように見せるか見せないかは状況次第、腹の中での順位は低い。

そうでなければ、いくら魔導師だからとて、孤児を引き取って養子にするとは考えないだろう。

魔力素養というのは潜性遺伝になるから、魔導師は父親から一つ、母親から一つ、計二つの因子を受け継ぐ事になる。

つまり元第二王子のように魔法素養の因子を一つしか持っていないと発現しない。

顕性であるならば一つでも発現する。

この魔法素養が発現していない一つの因子を持ち合わせた人間同士が子を成すと四分の一の確立で二つの因子を持った子供が生まれる。

そして二分の一の確率で因子を一つ持った子供が生まれる訳だ。

因子を一つ持った子が、自覚無しに子を成していくと、ある日何処か遠い所で魔力素養を持った子が誕生する事がある。

第一聖女はこのパターンだという訳だ。

しかし仮に、王太子と第一聖女の間に魔力素養のない子が生まれた場合。

これは有り得ないという事になる。

第一聖女も王太子も魔力素養因子を二つ持っているから。

つまり結論として、第一聖女が不貞を働いたか、もしくは彼女自身が光の魔導師ではないという事になる。

どちらに転んでも第一聖女は終わる。

ただし、彼女が祖母から受け継いだ魔法素養の因子を一つ持っていた場合、魔導師が生まれる確率は五十パーセント。

二つに一つだ。

出る目ではある。

魔法素養のない子ならば、病気を理由に早々に里に出すかなにかして、産み続ければいつか出る数字。

だがどれも危なすぎる橋だな？

橋は既に作られているのか？

もしくは正真正銘の第一聖女な訳だが。

第一聖女ならば王太子のあの態度はおかしい。

子を成す気などこれっぽっちもないという言い方だった。

あれはまったく上手くいっていないというか、上手くいかせる気もない。

教会は一大勢力。

六大侯爵家とは違った意味で敵に回してはならない存在。

網の目のように国中に小さな勢力が広がっている。

しかも表面上は庶民の味方。

実際に傷病を治しているのは教会という看板なのだから。

表立って第一聖女を蔑ろにするのは大変不味い。

何故なら彼女は第二聖女とは違う。

第二聖女は生粋の貴族であり伯爵令嬢だ。
庶民は知らないであろうがシトリー伯爵家。
しかし第一聖女は神官長の娘。
聖女の頂点であり、教会のシンボルのような立ち位置にいる。
もしかしなくとも庶民は王太子と第一聖女の子を心待ちにしている可能性が高い。
いやな空気だな？
茶色の眼鏡は必要だな。
これを機に作っておくか。
神官服も出番がありそうだ。
この神官服は王太子が用意したもので、本物なんだよな……。
上級神官、中級神官、下級神官、地方神官と何バージョンも用意してたぞ。
それはそれできな臭い。
「ルーシュ様」
「どうした？」
「一介の侍女ではありますが、お願いしたき事がございます」
なんだ改まって。
口調が変わったぞ？
何が飛び出すんだ。

こういうのは唐突で予測が付かないな。

王都観光もお願いだったが、あっちは大分フランクだった。

「近づいて良いでしょうか？」

「は？」

「ですから、ご主人様であるルーシュ様に近づいて宜しいでしょうか？」

「なぜ？」

「必要だからです」

「必要には見えないが？」

「いえ。外せません」

「………」

ルーシュが頷くと、ロレッタは正面から距離を詰めてきた。

真顔だ。

目の前まで近づき、じーっと瞳を覗き込む。

「眼鏡をお取りして良いでしょうか？」

「自分で取れる」

「いえ、ルーシュ様の手は煩わせません」

「いや、大したことじゃない」

「いえ、ここは侍女の私が」

手を伸ばしたロレッタがそっと眼鏡を外す。
手に持ったそれを、机に慎重に置くと、再度俺の瞳を覗き込む。
近っ！
執務室の椅子に座る俺と、机を挟むようにして背伸びをするロレッタ。
顔が二十センチくらいしか離れてない。
しかし、その頃には、何故覗き込まれているのか、理解し始めていた。
色だな。
瞳の色を分析したいんだな。
もの凄くじっくり見ている。
そしてニコリともしない。
真剣のそのもの。
長っ！
いつまで見続けるのだろう？
目が乾く。
瞬きはしよう。
変に力が入るな。
「ロレッタ、長くないか？」
「……長くはありません」

「いや、長いだろ?」

「ルーシュ様、それは長いのではなく、長く感じる、の間違いだと思います。実際は一、二分です」

いや。

五分は経ったぞ。

自信があるぞ!

一分なんてことは、断じてない。

「まだか?」

「まだです」

「……普通に紅の純色だと思うが」

「確かに紅の純色です」

「なら、分析は済んだのではないか?」

「……済みました」

「じゃあ、離れても良いんじゃないか?」

「……いえ、再検しています」

「何回目だ?」

「……十回目です」

十回も再検はいらん!

しぶしぶ離れたロレッタは、手を頬に当てて、ゆっくりと溜息を吐いていた。

「なんて綺麗な色なのかしら？　どこまで行っても透明度の高い紅。宝石みたいだったわ。ルビーだってこんなに透き通ってはいないし、純度も違う。唯一無二のものね。ああ、素敵。何時間でも見ていられる。この瞳に青と黄色を入れて濁らせてしまうなんて、なんという罪な行為なのでしょう。でも安全の為には換えられませんよね。やはり紫という瞳は闇の魔導師の代表的な色ですしね。琥珀であることに越したことはありません。それに普段は眼鏡で隠していて、眼鏡を取った時に、私の前だけ本当の瞳の色が露わになるというのも、なかなかですよね？」

目の前の新人侍女が怖い文言を唱えているぞ。

あれは口に出ているが独り言の部類じゃないのか？

「おいロレッタ」

「へ？」

「俺の瞳の色は、皆知っているからな？　学園でも魔法省でも自宅でも。別に隠していないからな？　分かってるよな？」

「………」

ロレッタは納得のいかなそうな顔をしていた。

「ルーシュ様、提案があります！」

「却下だ！」

「まだ何も言っておりません」

「言わなくても分かる。普段から眼鏡を掛けろと言いたいのだろう」

「さすがルーシュ様！　御名答！！！」

第4話　髪を梳かしてみようと思います。

王都観光当日、私はもの凄く朝早くルーシュ様に呼び出された。

離れの応接間に行くとシリル様と呼ばれているエース家の親戚でルーシュ様とご一緒に商会を立ち上げる予定という肩書きの、この国の王太子殿下が座って紅茶を飲んでいた。

飲む姿はとても優雅なのだが、着ている服はどこかフランク。

下級貴族というか、お洒落な男爵令息みたいな出で立ちだ。

そして胸のポケットには眼鏡が覗いている。

以前見たものと別のデザインのもの。

碧眼、翠眼、淡褐色、濃褐色、灰色は魔力素養関係なく自然に出る色味だ。

殿下は爽やかな顔をして、紅茶の香りを楽しんでいるが、先触れもなく、大慌て、という状況で、私は転がるように自室から出てきていた。

準備は全く整っていない。

「ロレッタ、おはよう！」

「おはようございます！　シリル様」

「爽やかな朝だね！」

「そうですね、シリル様」

起き抜けだが、シリル様が眩しすぎて釣られた。

確かに朝日が昇り始めた早朝は爽やかではある。

眠いが……。

「ロレッタは就寝着ではないんだね？」

「え？」

「いや、こんなに朝早いのだから、侍女だとて準備は出来ていなかった筈だと思って」

「はい。大急ぎで着替えました」

「次は着替えなくて良いからね？」

「え⁉」

「僕は作戦を練って来たんだよ？」

「作戦を練る、ですか？」

「そう。水差しの水を飲み続けるという方法では、打開出来ない可能性もあるからね。別の方法も随時試していくと決めた」

「？」

「という訳で、僕が来訪の際は、必ずロレッタに迎えてほしいのだけど、時間外だと申し訳ないから、就寝着で良いよ？」

「就寝着のまま、お客様をお迎えするのは、侍女としてとても難しい選択ですが……。エース家の侍女がそんな事をしては、ルーシュ様の顔に泥を塗ることになりかねません」

「大丈夫、ルーシュの顔はまったく気にしなくて良いからね？」

「……………」

「それより今日の王都観光は君と色々回りたいから、エース家のお仕着せを着たままという訳にはいかないんだ」

「……そうなのですか？　ではどう致しましょう？　実は服はお仕着せと就寝着と修道服と学生服と職安に行った面接用の服しか持っていないのです」

「少なっ」

「……元々持っている服が少なかったというのもありますが、寮から出るのを機に必要のない服は全て売りました。学生服と修道服はさすがに売るというわけにはいきませんので、持っています」

「……そうなんだ。じゃあ、僕が今日、買ってあげるね」

「いえ、それは丁重にお断りさせて頂きます」

私は両手を激しく振って、拒絶を示す。

「シリル様に買って頂いたと知られれば、私は進退窮《きわ》まってしまいます」

「なぜ？　どうして僕が服を贈ると、君が窮地に追い詰められるのかな？」

「第一聖女殿下は私の先輩になります。先輩の夫から服を貰うということは、してはいけない行為です。私にその気がなくとも、第一聖女殿下を深く傷つけてしまいます」

「……へー」

シリル様はやや眼を細めて私を見ていた。

「その気がないとは……例えばどういう意味？」

「その気がないとは、そのままの意味ですが、私に他意がなくとも、他人の目にはどう映るか分からないという意味です」

「………他意がないか……」

「はい」

「君は今も昔も残酷な事を言うな……」

「え？」

口の中で小さく呟いたその言葉を、私は全てを聞き取る事が出来なかった。

シリル様は隣に置かれていた箱を私に渡す。

「これはプレゼントじゃないよ？　変装グッズ。エース家のお仕着せは、いかにも上級貴族の侍女用になるから、今日持って来たのは下級貴族のお仕着せ。仕事で使う外出着だから、プレゼントじゃなくて実用品」

「はい？」

「必要なものだから、受け取ってね」

「……はい」

「ちなみにロレッタ」

「なんでしょうか、シリル様」

「ルーシュには他意があるの？」

「？」

「ルーシュからプレゼントを貰ったらどう思う？」

「ルーシュ様は、我が主。一生を懸けてお仕えする敬愛なる御主人様です。もし馬車が盗賊に襲われたら、ルーシュ様の身を守って死ぬ覚悟は出来ております」

「…………へー。これは思ったより主従関係の方に拗《こじ》らせてるね……」

「拗らせ？」

「あ、うん。大丈夫！　君の主従を応援するよ？」

シリル様は少し思い巡らした後、口を開く。

「けど、僕が一緒に馬車に乗っていたら、決して前に出なくて良いからね？」

「……ですが、主の大切なお客様ですから……」

「自分の身は守れるし、剣の訓練も受けている。学園卒業後は騎士団に二年所属した。なので君を盾にするつもりはない。君の身も僕が守る。決して庇ったりはしないように」

「………」

断言されてしまいました……。

気を取り直して箱を開けると、可愛らしいお仕着せが入っていた。

今着ているものより軽やかで、遊び心がある。

今日は男爵家の侍女になるのですね。

シリル様が王都観光に行こうと誘うのであれば、今日の主催は王太子殿下だ。

父と母。

そしてシリル様とルーシュ様。

大好きな人達しかいない。

ルーシュ様と同様、シリル様はあの場所にいてくれた一人。

あの日あの時、味方をしてくれた人達は、きっとずっと忘れない大切な人。

そう思っている。

婚約破棄式の段取りをし、両親を王都に呼び、最後はココ・ミドルトンへ罪状を用意してくれたのはシリル様本人。

王太子殿下はどうして、私を助けてくれたのだろう?

ルーシュ様は多分……私を雇用してくれている、雇用主だから。

両親は、私を産んだ父と母だから。

でも……。

シリル様は？

彼はどうして？

私とシリル様の間に、関係性というものは存在するだろうか？

強いて言うなら、友達？　の侍女⁇

どこもかしこも微妙だ……。

私は男爵家用のお仕着せと言って渡された服を見ていた。

可愛い服だと思う。

細かな所にワークレースが付いているのだ。

それが慎ましい量で主張しすぎず、お仕着せらしいといえばお仕着せらしい。

シリル様がわざわざこの日の為に選んでくれたのだろうと思うと、感謝の気持ちしか浮かばない。

「気に入った？」

洋服を体に当てて考え事をしていた私は、シリル様に聞かれて彼を見た。

金色の髪が陽に透けている。

よく見ると、魔導師ではない人の金髪とは違うのだが、紅髪よりは人混みに溶け込みやすい。

なのでシリル様はそのままの髪色で外出を予定しているのだろう。

眼鏡は二つ持っているようなので、シリル様には沢山の髪飾りを今回のお礼として渡そうと思う。

ルーシュ様より変装が好きそうなので、濃褐色や淡褐色、赤茶色や黒髪。

ちょっとずつ色味を変えて十個くらいプレゼントしたら喜ぶかもしれない。

今日は銀細工のお店にも寄って貰おう。

そうと決まればあの髪の毛を一本頂けないかしら？

色の分析は精度が高いに越したことはない。

じっくり見たいところだけど、髪の毛ならば、一本くらい自然な感じで抜けないだろうか？

しかし――

流石に客人の髪というか王太子殿下の髪の毛を引っ張るのは気が引ける。

その辺に落ちてくれるとベストなのだが……。

都合良く落ちるかしら？

私は床の辺りをじっくり見ていた。

視力は良い。

でも、落ちてない。

「あの……シリル様」

「何？」

「良かったら、御髪を整えさせて頂けませんか？」

「え？」

「髪をですね……整えませんか？」

「……崩れてた？」

「いえ、まったく崩れてはいません」

「？」

「崩れてもいないですし、寝癖も立っていません」

「……そうなんだ」

「でも、整えたいといいますか」

「なぜ？」

「理由は……言うことは出来ないのです」

「？」

シリル様は不思議そうに首を傾げた。

「私、準備して参りますね！」

そう言って駆け出した私の事を、不思議そうな顔をして見ているシリル様。

座っていて下さいね！

お客様なので！


男爵令息辺り……つまり下級貴族に変装したシリル様は椅子に座っていた。

その後ろから回り込むようにして私が立つ。

髪を梳かせば、一本くらいは手に入る筈。

手に入りさえすれば、いつでもどこでも何回でも色の検査が出来る。

素晴らしい。

見本として取っておこう。

ノートに貼り、髪の採取本を作ってみてはどうだろう？

そうすれば人間の髪の色に大変詳しくなる事が出来る。

シリル様、ルーシュ様、自分。

父、母。

この辺りの髪の毛は確実に手に入る。

全員から髪の毛を一本ずつ貰い、ノート一ページに一本を丁寧に貼り付け、注意書きを書こう。

色の配合とかそういうの。

魔道具開発に大変役に立つ研究書になるかもしれない。

シリル様は雷の魔導師バージョンの金髪。

ルーシュ様は炎の魔導師バージョンの紅髪。

私は聖女&水の魔導師バージョンのシルバーブロンド。

父は氷の魔導師バージョンのシルバーブロンド。

母は聖魔導師バージョンの薔薇色。

父と私が被っている。

サンプルはどちらか一方で良い？

でも、もしかしたらほんの少しだけ違う？　という事もあり得る。

なんせ、同じ属性ではないのだから。

本来水の魔導師というのは、ブルーブロンドに瑠璃色の瞳を持って生まれるのが一般的だ。

もちろん個人差はあるが。

しかし水の魔導師の家系にシルバーブロンドとアイスブルーの瞳となると、生まれた瞬間、淡いね？　となる。

成長と共に若干変化することもあるが、まあ、平均より淡いのは事実で、成長と共にまったく変化せず淡いままという事もある。

父の幼児時代の髪色なんぞは知る由もないが……。

いや、伯父に聞けば一発だ。

ただ単に興味がないので聞いていない。

私はというと、幼少期は今よりも更に白寄りの銀だった気がする。

透明とは言わないが、プラチナというか……。

今は……水魔導師の家柄か、少し蒼寄りのシルバーだ。

水晶ですかというくらいの色味の薄いアクアマリン系の髪色。

それ以前の話で、水の魔導師の守りの石はサファイアになるのだが……。

父と母は頼めば髪など一発で手に入る。

問題はルーシュ様だ。

下さいというのもちょっと言いにくいというか……。

冷静に考えると、自分の髪の毛を後生大事に持っている侍女って怖くないだろうか？

そんな事で怖がられて、終身雇用の話がフイになったら後悔しかない。

下さいとお願いするのは止めた方が良い。

この離れで、一本くらいは発見できるはずだ。

住んでいる訳だし。

でもハウスクリーニングというのは、侍女ではなくメイドの仕事。

メイドの方が立場的に大変手に入りやすい。

そんなことを考えながら、シリル様の髪に櫛を入れる。

シリル様の髪はサラサラだな。

どこまでいってもサラサラで手入れが行き届いている。

引っかかるということがないから抜けない。

そもそも朝一番の櫛入れではないので抜けないかもしれない？

王宮で身支度を調えていらっしゃったのだろうし、そういう事なら抜けにくい。

本当は、一本引っ張ってみたいけど、王族に痛みを与えるなんて不敬だろうし、それがエース家の侍女ともなれば、ルーシュ様の顔に泥を……。

「……シリル様、もし宜しければ、お伺いしたい事がございます」

「何？」

「……どうして、弟君である第二王子殿下ではなく、私を助けて下さったのでしょう？　考えても思い当たる節がありません。教えて頂く事は出来ませんか？」

意を決して、疑問に思っていた事を口にした。

「………」

何か空気がしーんとしてしまったというか、改まってしまった。

「ロレッタには何も思い当たる節はないと？」

「……はい」

思い当たる節はない。

でも実は先程一つ思い当たる節が出来た。

「シリル様が、先程、今も昔も君は——と言ってらっしゃいました。残念ながら全ては聞き取れませんでしたが……」

「……そう」

「もしかしたら……学園で会っていた可能性はあります」

「……もちろん。同じ学校だからね。僕と君は会っているよ」

「私が入学した年に中等部三年ですね」

「そうだね。君は聖女科だから学生服が白に紺ラインになる。一人だから目立つよね？」

確かに魔法科は黒地に白のライン。

そしてSSクラスは白地に濃紺のライン。

そして一般教養科が濃灰に黒ラインだ。

一目瞭然というか、一発で分かる。

その中でも聖女科の目立つ事目立つ事。

「その時に、何か失礼がありましたか？」

「……別に失礼なんてなかったよ。あったとしても気にしない」

「……気にしないのですか？」

「まったく気にしない。君の失礼なんてコミュニケーションの一つくらいなものだし」

「……シリル様はお心が広いのですね」

「第二聖女相手には大分広い」

「……誰が相手だと狭くなるのですか？」

「真性の悪人には」

「………」

広かったら大変です。

「……でも、後輩だから庇ってくれたと考えるのも、少し無理がありませんか？」

「……無理はまったくない。可愛い後輩は庇うものだよ？」

「……そうですか？」

「そうだよ」

「関係性はそれだけですか？」

「それだけな訳がない。関係の一つが学園の先輩と後輩なだけだ」

「他に繋がった関係も聞いて良いですか？」

「聞いてどうする？」

「……心に留めておきます」

「いずれ分かるかも知れない。もちろん分からないかも知れない。君はどうしても知りたい？」

「どうしてもではありません。シリル様を困らせてしまうなら、聞きません。助けて頂いた上に、困らせるのは本意ではありません」

「……人と人との関係は、続柄《つづきがら》が全てではない。僕と別腹のバーランドとの関係。もし僕にとってバーランドという人間が可愛い弟だった場合、また答えの出し方は違って来るけどね？」

「……………」

「罪のない伯爵令嬢に、卒業記念パーティーで婚約破棄を告げる弟のどこに正義があるのだろうね？　僕は少なくとも、バーランドという人間と十七年間兄弟をしてきた。彼の人間性は理解しているつもりだ。その上、王族としてではなく、人間としてのセカンドチャンスは与えたつもりだ。後は彼次第」

「……………」

「僕は君に髪を梳かす事を許している。でもバーランドには許さない。背後は取らせない。彼を信用していない。でもロレッタの事は信用している。君が僕の髪を梳かしたいと言った時、何故だろうと思った。理由を聞いても言わなかった。けど好きなようにさせた。そうさせる女性は少ない。そして梳かされている間、君が何でそんな事を言い出したのか理解したつもりだ」

「……理解された？」

「理解した。百パーセント自信がある」

「つまりはバレたと……」

「ああ、きっちりバレた。普通は真意がバレた事をわざわざ相手に言うなど悪手なのだが、今回は内容も他愛もないので言ってみた」

シリル様はゆっくり振り返った。

そして一本の髪を渡す。

「これが欲しかったのだよね？」

「……………」

「黄色の純色だよ？　そんなに難しくないよ？」

クスリと笑ったシリル様の目が細められる。

私は受け取りながら震えた。

筒抜けだった事の恥ずかしさと。

髪の毛が一本手に入った事の嬉しさと。

シリル様の心の広さが本物だという事に――

第5話　色見本を作ってみました。

記念すべき第一ページはシリル様の髪見本になりました！

何か大変に特別感があって嬉しい。

私とシリル様はその後、エース家の応接間を陣取り、色見本ノート作成を始めていた。

ちなみにノートは魔法研究用に何冊か貰っていた中の一冊。

一番可愛い柄のものを選んでみた。

綺麗な黄色の髪を貼れば、それだけで白いノートが映える。

二ページ目は、ルーシュ様の為に取っておいて、三ページ目に自分の髪の毛を貼った。

三ページ目からまったく特別感のない仕様になってしまった。

自分の髪って……。

見慣れすぎていて新鮮味がない。

しかも自分の髪を貼ったところで、ノートの地の色は黒の方が、色味がよく見えたかもと小さな後悔をする。

いやいやいや。

大丈夫。

やってしまった事を後悔しても何も始まらない。

私の髪が、たとえ白い紙に同化して見えないとしてもあまり気にしない。

それから、シリル様とわいわい言いながら、色見本を仕上げていった。

シリル様はとても卒が無いというか、要領が良いというか、度胸が良いというか、全てを兼ね備えているのかも知れないが、メイドや従者、侍従に副侍女長に副執事とエース家の離れにいる者殆どに声を掛けてくれて、色見本が大分増えた。

私一人ならそんなことは出来ない。

せいぜい目を皿にして床を見ながら歩くくらいの事しか出来ない。

使用人の色見本もとても大切だ。

何故なら仕上がりとして参考になるから。

自然な風合いの髪色に近づける事が出来るかもしれない。

ノートに髪を貼りながら、シリル様と色の配分など話し合っていたのだが、彼は王太子殿下とは思えない気さくさというか……。

以前に一緒に永久如雨露について話し合った事があるのだが、とても頼りになる研究者だ。

魔法科もこんなに色について勉強しているのだろうか？

手を止めてシリル様を何気なく見ていたら、小さく笑顔を返してくれた。

私はあまり表情がなく、冷たいと言われてしまう事があるから、こんな風に柔らかく笑える人に憧れてしまう。

「シリル様はエース家の親族の方とは思えない程、屈託がなくって、お話がしやすいです」

「そう、良かった。その肩書きは二人の時はいらないよ？」

「そうですか？」

「まあ、バレバレだしね」

会ったその日からバレていたのだが、でもきっとそういう肩書きだから、あまり私の方も畏まらなくて済んだのかも知れない。

今も彼は王太子殿下というよりはルーシュ様の親戚のシリル様というイメージだし。

「これからも、シリル様とお呼びして良いですか？」

「うん。それでお願い。これから何度も何度もお忍びで色々な所に行くかもしれないからね」

「何度もですか？」

「そう、何度も。お忍びではシリルという名を使うから、便利だし間違えないし」

「なるほど……」

でも……。

エース家の侍女と王太子殿下がお忍びで何度も色々な所に行くとは？

ルーシュ様とお忍びの約束をしていて、付き添いは私がという事だろうか？

一応水の魔術師だし……。

火を打ち消してしまうが……。

打ち消す……早急に伯父様に相談して、炎の魔導師と共に戦うコツとか、護衛の仕方とかを教えて頂きたい。

セイヤーズ家のタウンハウスにも折を見て行こう。

「ルーシュはまだ寝ているの？」

「……はい。まだ起こさないようにと言われています」

ルーシュ様は割と朝は遅い。

夜遅くまで起きているからだろうか？

王太子であるシリル様を待たせて寝ているというのも、いかがな状況なのだろうと思うが、そういう事が許される関係なのかなと思う。

つまり、仲が良いのだろう。

私達が色見本を作っている間に、父と母はとっくに王都観光に旅立った。

シリル様の乗って来た馬車で……。

あの二人はおもしろいくらい遠慮がない。

もう一台出す予定なのだと話したら、じゃあお若い者はそちらで――となってしまった。

それ王家が用意した馬車なんですけどとも思ったが、当のシリル様はニコニコ手を振って見送ったので、私には何も言うことが出来なかった。

遠い目をして父と母に手を振った。

あの二人、慰謝料の一部で散財するのではないだろうか？

不安だ。

ちゃんと領地の借金に充ててほしい。

結構な額があったから、これで借金を返済し、領地経営に身を入れてくれたら。

そして私も貧乏伯爵令嬢を返上したい。

「……シリル様、馬車は良かったのですか？」

「大丈夫、エース家の馬車でうろうろするから」

「……そうなのですね」

「ロレッタはビーズ屋以外に行きたい所ってあるの？」

「はい。種《たね》屋と眼鏡屋です」

「ほー。眼鏡は分かるが、種屋は？」

「それはですね――」

私はルーシュ様にした聖女科の畑の話を、シリル様にも伝えた。

とても興味深そうに、丁寧に聞いてくれた。

シリル様って聞き上手でもあるのだなと思う。

ほぼほぼ、無敵ではありませんか？　我が国の王太子殿下。

王国は安泰だと……年配者のようにしみじみと思った。

第二聖女の思考回路は大分渋い。

第6話　男爵令息と侍女

ルーシュ様の起床を待つ間、私はシリル様が用意してくれたお仕着せに着替えていた。

動きやすくて軽い。

エース家のお仕着せも品が良くて大好きだが、この男爵令息の侍女という肩書きのお仕着せも可愛い。

色見本作りが一段落してから、私達はサンルームに移動していた。

日差しが心地よい。

くるりと回りたくなる仕様だ。

「……実はロレッタ」

「なんでしょうか？」

「僕は卒業記念パーティーに参加する予定でいたんだよね？」

「そうなのですか？」

「そうそう。でも急な仕事が入ってしまって……非常に残念だが参加できなかったという訳だ」

「……なるほど」

「その時に、君にダンスを申し込もうと思っていたのだよ」

「…………え？」

まさか自分にダンスを申し込んでくれようとしていたなんて驚きだ。

ちなみに私のダンスは上手くも下手でもない。

中途半端な……というか至って普通という出来だ。

何で踊れるかというと妃教育の課目にあったからだ。

どうして上手くなかったかというと貧乏家出身だから？　だと思う。

しかし、卒業記念パーティー直前に猛特訓をした。

婚約者である第二王子殿下と踊る予定でいたからだ。

そのまま結婚する流れだった………。

なんの疑問も持っていなかった。

全然好きでもない人と政略結婚。

理由は第二聖女だから……。

ときめきが少なめの運命。

もし彼と結婚していたら、どんな人生が待っていたのだろう？

浮気されるなど日常茶飯事。

側妃《そくひ》は何人いたのだろう？

王太子ではないから、側妃を沢山持つ必要などないので、ただの愛妾《あいしょう》かもしれない。

子供の数はきっと二桁。

私は最初から最後まで呼ばれる事も無く、王宮の片隅で朽ちていくのだろう。

王宮の片隅で忘れられるというのは、そんなに悪くは無い。

彼に会わずに済むのだから。

自由だし？

「それでね？」

「……はい」

「一曲踊らない？」

「え？」

シリル様、今なんて言った？

「僕と一曲踊らない？」

「⁇」

「ここで」

「⁇」

「踊ろうよ？」

「⁇」

戸惑って立ち尽くす私の手を引き、シリル様がエスコートする。

イヤイヤイヤイヤ、曲は⁇

シリル様がパチンと指を鳴らすと、ヴァイオリンを持った侍従が現れた。

嘘！

待機してた⁉

もの凄くスムーズに出てきた。

エース家のサンルーム前に楽士が待機？

今か今かと⁉

シリル様が楽士を伴っていらっしゃった？

いや、王太子殿下の侍従の中で偶然？　得意な者がいたと考える方が自然？

シリル様の手がそっと腰に当てられる。

私はドレスではなくお仕着せだ。

いったい自分たちは何をしているのだろう。

「ね、練習だと思って一曲踊ろう」

耳元にシリル様の口元が近づいて囁く。

いやでも。

私は困惑していた。

あれよあれよとダンスをしそうになっている自分と。

魔法省の制服を着て、入って来たルーシュ様の姿に。

制服⁉　何故、王都観光に制服！

制服を着ているという事は、仕事だという事だ。

緊急の仕事が入った？　でもその割には急いでいない？

ということは――

ルーシュ様はヴァイオリンを止めさせると、何事もなかったように声を掛けてくる。

「早く着替えて来い」

「？」

つまりは魔法省の仕事だが、魔法省に出勤する訳ではないという事。

音楽が止まったので、シリル様も足を止めてルーシュ様を見ていた。

「つまりは、聖女の制服ですね！」

私はシリル様の手を離し自室に駆け出した。
多少、はしたなかったでしょうか？
でも急ぎたい。
シリル様はというと、膝を突いて絶望していた。
すみません！
主の命令です！
ダンスは後日！
そんなシリル様に、お前も着替えてこいとルーシュ様は淡々と告げていた。
昨日、ルーシュ様が着ていた神官服ですね！
きっとお似合いです！

第7話　予想は失中しました。

ルーシュ様、シリル様、そして私。
三人は馬車に揺られながら沈黙していた。
あの後、聖女の白い制服に着替えたら、違うと言われた……。
違うんですね！

かなり確信を持って着替えたので、違っていて吃驚《びっくり》です！

そしてシリル様も神官服に着替えて違うと言われていた。

いや、先に言って下さい。我が主。

結局三人とも魔法省の制服に着替え直した。

これなんですね？　正解は。

王都観光は延期になりそうです。

魔法省官吏が制服羽織って王都観光なんて！

ないない。まったくない。

なんでも相談者の方が教会ではなく、魔法省を指定してきたとの事。

わざわざ教会ではなく、魔法省に持ち込まれた話なのに、聖職者の制服は良くないらしい。

なので魔法省の制服が適切らしい。

ちなみにこれはルーシュ様が用意してくれたもの。

ルーシュ様との違いは襟や腕に着けられた階級がない。

つまり、同じ隊の部下という事になる。

ルーシュ様が長《ちょう》でシリル様と私が平《ひら》になる。

魔法省は各小隊で行動する。

この小隊編成は魔法の相性や目的で決められているのだそうだ。

ちなみに土魔導師である漆黒の魔術師と水の魔術師は平時は治水関係の仕事の指揮をしている事

が多い。

雷や炎の魔導師は平時は待機となり、割と時間に余裕があるらしい。

制服の色は隊ごとに決まっていて、属性で決まる訳ではない。

なので水魔導師が緋色の制服を纏う事もあるのだが、ルーシュ様は臙脂色の制服を着ていた。

自動的に私達も臙脂色だ。

上は外套のようなローブのようなデザインをしている。

暑いだろうな？

と予想していたが反して軽く涼しい。

生地に魔法が添加してある。

魔力を流して確認してみたが、防火魔法、反射魔法、重量軽減魔法等複数掛かっていた。

これは高い筈。

馬車くらいのお値段がする筈だ。

ルーシュ様は替えを何着も持っていそうだが。

シリル様は今年から魔法省に籍を置いている。

学園を卒業されて騎士団に二年。

魔法省に二年、籍を置くのだそうだ。

しかしもちろん平ではない。

Sクラスは卒業しただけで士官を叙位される。

普段羽織っている制服とは色も階級も違うわけだが、エース家にいたため持っていなかった。ただし持っていても違う色の制服というのは違和感なので、やはりルーシュ様が用意した制服を借用する事になったのであろうと思う。階級章は着いていない。

ルーシュ様もSクラス出身なので、本来は小隊を指揮する立場より上であるのだが、今回は依頼に合わせているのだろう。

そんな訳で全員魔法省の制服となった訳だが、私だけ女性ということで、服のラインが違うし、ズボンなのだがスカートのように見えるデザインになっている。

これはこれでなかなか着心地が良い。

着ると何か背筋が伸びるというか、パリっとするというか、仕事が出来そうな気分になる。

制服効果は絶大だなとしみじみと思う。

そして何故か馬車に乗り込む時、どこに座るかでシリル様とルーシュ様が揉めた。

進行方向に対して後ろ向きに座るのが使用人なので、ドアに一番近い後ろ向きのシートに座りたかったが、シリル様がエスコートしてくれた為、順番的にドア近くには座れなくなった。馬車は基本奥から詰める。

更に予想外の事に、シリル様が私の隣に座ろうとする。

そこ？

一番高貴な王太子殿下が⁇

シリル様に進行方向に向かって座って下さいとお願いしたのだが、体重のバランスが悪いと言って、私の隣に座る。

ルーシュ様はルーシュ様で、奥から座れ、ドア口に座るな、とぶつぶつ言っている。

確かに普通に考えれば一番奥の前向きシートですよね。

そして一悶着《もんちゃく》の後、私の横に座ったは良いが大変高貴な身分の為、後ろ向きに座った経験皆無。

もしくは早起きをして寝不足だったのもあるかもしれない。

シリル様、ちょっと顔色が悪くないですか？

という状況で馬車の中は静けさを保っていた。

第8話　酔い止めポーション

「シリル様、ちょっと顔色が悪くないですか？」

私は横目でちらちらと様子を窺う。

「……別にまったく悪くない……」

「……いや、まったくって」

明らかに気分が悪そうだ。

私は提げていた鞄から小箱を取り出す。

毒消しや、消毒、痛み止め等、軽度の症状に効くポーションが入っている。

「人間の体は、耳で平衡感覚《へいこう》、目で状況、それを踏まえて体の姿勢を決めているのです。ですから、進行方向と逆に進むと目からの情報に違和感を感じ、体が緊張状態に入ります。これによって神経が乱れて吐き気などの症状が出ると言われています。ですから――」

私は小瓶の中で水色の液体が瞬いているポーションを取り出す。

「その部分の誤作動を緩和させるＦ級ポーションです。そんなに強い効き目ではありませんが、少しは楽になる筈です。飲んで下さい」

「……いや、王太子たるもの、馬車酔いで貴重なポーションを飲むという訳には……」

「私が聖女科の畑から採取した薬草で作りました。全然貴重じゃありません。学園の聖女科に行けばいつでも作れます」

「………」

「必要な魔力も微々《びび》たるものです。躊躇《ちゅうちょ》するような高価な品ではありませんよ？」

「そうは言っても……」

私は迷わず小瓶の蓋《ふた》を開けた。

「さあ、飲みましょう。開けてしまいましたから、飲まないと無駄になってしまいます」

「………」

ポーションは開けた瞬間、水色の光を発して、小さく明滅《めいめつ》する。

封じていた魔法効果が発現し始めている合図。

シリル様の口元に小瓶を寄せると、シリル様は私の瞳をじっと覗き込む。

「……では、ロレッタが口移しで……」

「え？」

今、口移しって言った⁇

もちろん、有事の際というか、相手が気を失っていたり、それが必要な生死の境にある時には、そういった選択肢もあるのだが、今はその場面だろうか？

「口移しですか？」

「……そう」

「それ程、悪化していらっしゃる？」

「……………」

王族に口移しは不敬《ふけい》にならないだろうか……。

もちろん有事の際は、迷ってなんかいられないが……。

今は有事？

口移しというのは、飲ませる方の判断で行われるのではないかと思う。

飲ませられる方が希望を出すというのは、どういった場面なのだろう。

「酔い止めのポーションを、口移しでと希望していらっしゃる？」

シリル様は黙って頷く。

私は違和感があったので三度確認した。

ちょっと再三確認し過ぎだろうか？

しかし、馬車に酔った人間を酔ったままほっとくなど、聖女の風上にも置けない。

ここは一つ、シリル様の希望に沿う形にしよう。

「――では、失礼します」

そう、断りを入れてポーションを仰ぐようにして、口に含もうとしたところで、ルーシュ様に小瓶を奪われた。

間髪を入れず、シリル様の口に瓶ごと注がれた。

液体がシリル様の口元から体内に流し込まれている。

おおっ。

早業です！

ルーシュ様。

ポーションはシリル様の口元から体内に流し込まれた。

これで安心。

やはりどこに出掛けるにしてもポーションの備えは重要だと思う。

ちなみにこの鞄のストックポーションは孤児院に寄付するつもりで持って来た。

沢山のことは出来ないけれど、自分が出来る範囲で最善に繋がることを。

「おいシリル」

「なんだい小隊長殿」

「ロレッタはうちで雇用している侍女だ。勝手にダンスを始めたり、ポーションを飲むのに口移しを要求したり、誑《たぶら》かすなよ」

「人聞きが悪い。別に誑かしてなんかいない。丁度ダンスの練習をしたいところだったのだし、先程も体調が優れなかったんだよ」

「……自分で飲めない程か？」

「飲めるが、飲ませて貰った方が嬉しいという事」

「……甘えだ」

「ふん、甘えて何が悪い。人など相互に甘えて生きていくもの。この世は一人でなど生きていけない。そういう無理をするから生きるのが辛くなる」

「お前はもう少しガンバレ」

「必要な時は頑張るし、必要な時は甘える。僕が心の底から甘えられる人は少ないんだ。王太子と見れば寄って集《たか》って有能さを要求する。もちろんある程度は応えていくが、全ての人間にそんな仮面を着けていては、休まらないだろ。側近とか六大侯爵家の令息とか公爵家とか、人を見て適度に甘えるのも、王太子としての重要な責務だ」

「……責務ではないだろ？」

「緊張状態を強いると体調に影響する。体調に影響すれば政務に皺寄せが行く。そうでなくても妃である第一聖女とは狸と狐の化かし合いのような、腹に一物《いちもつ》あるもの同士、笑顔で隠しているが、心も体も腹も真っ黒だ。疲れるんだよ」

「なんだ、その外交官のような遣り取りは？　もっと仲良く出来ないのか？」

「出来る訳ないだろう？　化かされろと言っているのか？　女性として見た事は一度も無い。あれは政治家だろ？」

「そんなタイプなのか？」

「そういうタイプだ。外面は非常に気を遣っていて、煌びやかな容姿をしているが、腹の中では目まぐるしく色々な事を考えているタイプだ」

「……怖いな」

「ああ、怖い。だが容姿は綺麗だ」

「なら、一応惹かれてはいるのか？」

「まったく。容姿で惹かれたりはしない。そもそもだ。髪の色だとか、目の色だとか、目が大きいとか小さいとか意外にどちらでも良いタイプなんだよ。好きになった子の目が一重《ひとえ》なら一重至上主義になる」

「なるほど……。分かる気がするな」

「分かるか？」

「分かるな……。背が高くても低くても太っていても痩せていても、どちらでも良いというやつだな」

「そう。どちらでも良いのだ。もっといえば、好きな子が背が高いか低いかすら気付いていなかったりする。言われてみればそうだね？　くらいのものだ」

「……確かに」

「だから僕の推しが、吊り目だろうが、痩せていようが、髪の色が珍しかろうが、目の色がブリザードだろうが、僕にとっては全てが長所になる訳だ」

「…………」

私は二人の会話を尊重し、窓から景色を眺めていた。

これはきっと男子トークに違いない。

景色に集中。

「おい。備えとけよ?」

「え?」

急にルーシュ様の会話の矛先が私に向く。

男子トーク短っ。

「シトリー伯爵が、急ぎ手続きをしているだろうが、確認だけはしておけよ?」

「……何を?」

「身を守る準備だ」

「身を守る準備ですか?」

「魔法だけではない。権力も身を守ってくれる。同じ轍《てつ》は踏むなと言いたい」

「……」

ルーシュ様は顔色の良くなったシリル様に向き直る。

「シリル、ロレッタにちょっかいを出すのはここだけにしとけよ」

「……それは分かっている」

「王太子が第二聖女に興味を持っていると噂になってみろ？　彼女は完全に教会の後ろ盾をなくす」

「……教会の後ろ盾は既にないよ」

「………………」

「案ずるな。今回の件でセイヤーズが表に出てくる。エース家の侍女としてエース家も付いている。六大のうち二家が味方につく。それは確実だ」

「セイヤーズとエースの仲がな……」

　ルーシュ様は渋い顔で呟く。

　やっぱり、そこ仲が宜《よろ》しくない？

「エース家は、散々セイヤーズ家に『塩』で辛酸《しんさん》を嘗《な》めさせられてるしね……」

「……あっちは国内最大の塩湖があるからな……。あの湖の塩はブランド化されていて高値な上に、体の炎症を鎮める効果があると言われているんだ……」

「……炎症ね……。なんでそんな効果が添加されているんだろう？」

「知りたいが、入山規制されていて入れない………」

　ルーシュ様は難しい顔をする。

「……それにエース家とセイヤーズ家は過去に関係を持ったことがない」

「まあ、それは相性だよね」

シリル様は当たり前だ、といった様子で何度も頷いている。

炎と水だから？

やっぱり魔法の相性が最悪⁇


シトリー伯爵が、急ぎ手続きをしているだろうが、確認だけはしておけよ？

馬車に揺られながら、ルーシュ様に言われた言葉を反芻していた。

確認しておけと言われた以上、私は当然確認するべきだ。

何を？

父が急ぎ手続きをしている……というが、父は私たちより先発して王都観光に勤しんでいる。

手続きを急いでいるとは思えないのだが……。

もしも急ぎ手続きをしているのなら、王都観光前にどこかに寄るという事になるが、そういう素振りもなかった。

しかし……一応父に確認は入れよう。

魔法ではなく、権力で身を守る術《すべ》。

父は権力など持っていない。

財力もない。

シトリー家は何も持っていない弱小伯爵家だ。

持っているのは、父が嘗《かつ》てセイヤーズ家の次男だったという事実と血縁。

権力といえばここしかない。
つまりセイヤーズ家の伯父様関係なのだろう。
うちの長女を守ってほしいという依頼だと考えるのが一番無難。
ならば私も同席させて貰えないだろうか？
護衛学の件や水魔法の件でお伺いしたい事が沢山ある。
今日の夜、父にお願いしてみよう。
それが一番各方面で合点がいく。
同じ轍《てつ》は踏むな。
それはそうだ。
同じ事を繰り返すのは、経験が生かされていない事になるのだから。
つまり権力に貶められるな……という事だと思う。
その為に対抗出来る権力を持てと。
そこまで考えると、足下に深く濃い影が広がってゆく錯覚に陥る。
権力が怖い。
権力を持つ者と持たざる者は不等だ。
対等ではない。
命令、理不尽がそこには存在する。
命令に対して嫌ですと断れば殺される、大切なものを奪われる、社会的地位を失う。

大切にしているものを簡単に奪えるのが権力だ。

例えば、家長。

シトリー家の父はそれこそ家長的な力を振りかざす人間ではなかったから、家で理不尽を強いられることは無かった。

母もそういう命令を下す人間じゃない。

なので、食べ物、住む場所、衣服などを人質に命令を下される事はなかった。

けれども、大変貧乏であったから、経済的な安定とは程遠く、衣食住はそちら方面から圧迫を受けていた。

ドレスも草臥《くたび》れたものが数着。

普段着は三枚をサイクル。

持っている服の数着。この数は伯爵令嬢が持つ服の数ではない。

庶民の数だと思う。

所属長に自分をどうこうする権利が発生すると考えるならば、私が家を出て所属したのは学園だから、学園長だ。

王立の学園なので、理事長は王家縁の者になるが、直接圧迫など全く受けなかった。

学費は大変高く、やはり経済的な圧迫は感じたが。

この部分は理不尽とは少し違う。

しかし、聖女は学園に強制入学だという事を考えれば、学費免除という対応も有りな気がするが、庶民ならともかく伯爵家という貴族なので免除対象に入らなかった。

同じ貴族から不服に思われるかも知れないし。

系列貴族には唸るほどお金があるし。

実際どこからか支払われていた訳で、退学という話は出なかった。

それに聖女科はどこか教会所属の匂いがする。事実上の命令系統は教会。

書類上のボスは学園理事長で、実質のボスは教会。

王立学園聖女科所属の学生であり、第二王子の婚約者という立場だから、私に命令出来る者は、学園長、教会、第二王子もしくは王家という状態だった訳だ。

大変息苦しかった。

教会と第二王子が。

大きく括ればアクランド王国の国民になるので、国の命令にも逆らえない。

そこが一番のボスであり権力者になる。

けれど、これも逆に考えれば、だからこの国で平和を享受出来る。

シリル様は私に教会の後ろ盾が無くなったとハッキリ言ったのだ。

つまり今まで薄らと私の後ろには教会があった。

守ってもらった覚えはないが、聖女といえば教会だ。

後ろ盾だったものが、後ろ盾ではなくなった……。

教会は私の上位存在ではなくなった？

そういう事なのだろうか？

そもそも教会の後ろ盾といっても、第二王子殿下との婚約破棄騒動の時、まったく守ってくれなかった訳で、私は保護を享受せずに義務だけを粛々と遂行していた事になる。

肝心な時に守ってくれない後ろ盾は後ろ盾とは言わない。

ついでに牽制にもなっていなかった。

私の後ろには教会が付いているから……という認識はまったく持たれていなかった。

つまりは、第二聖女を蔑《ないがし》ろにしたところで、教会がどうこうする訳ではない。

そういう確信を持って、婚約破棄騒動が行われた。

端から有って無いようなものなら、きっといらないのだ。

教会所属だから聖女な訳ではない。

聖女だから教会と密接な関係にあった。

私は今でも今期の第二聖女だ。


「あの……」

私は隣に座るシリル様に話しかけた。

「第一聖女のお姉様と、仲が宜しくないのでしょうか？」

隣に座るシリル様はすっと目を細めた。

先程、ルーシュ様との会話で、女性というよりも、政治家と見ていると言っていたのだ。

第一聖女のお姉様という人は、第二聖女の私とは距離を置いていた。

私自身は第五聖女ともそれなりの関係を築いていたし、第三聖女と第四聖女は先輩として慕ってくれていたので、基本仲が良かった。

けれど……。

一歳違いの第一聖女様。

結婚されてからは第一聖女殿下と呼んでいるが、学園ではお姉様と呼んでいた。

仲が良いからではなく、そういう決まりだからだ。

第一聖女のお姉様には他の聖女も距離を置いていた。

私だけではなく、そういう扱いを受けていた。

特別に優れた聖女で一線を画する存在だと。

当然畑仕事もしないし、授業も別だった。

もう殆どの事を習得されていて、授業は必要がないレベルで、毎日礼拝堂で祈りを捧げていると聞いていた。

すれ違ったら、道を空けて頭を垂れた。

第三、第四聖女は第一聖女のお姉様を相手に、そんな事はしていなかったが、少なくとも第二聖女の私と第五聖女はしていた。

するように言われていた。

目を合わせてはいけない。

そんなルールが有った。

第三聖女と第四聖女は王族である。

王族でも学園内では特別扱いは受けていない。

早朝の畑仕事もしていた。

しかし第一聖女様は教会のトップである神官長の娘として、並列ではなかった。

毎日世界に祈りを届ける敬虔な聖女。

私は事実上、第一聖女様を知らないのだ。

学園では対等ではなかったし、生活も共にしていない。

孤児院に慰問に行くこともももちろんなかった。

第一聖女様のお仕事は祈り。

私も毎朝しているあの祈りでもって世界中に光を届けている事になる。

もっとも——礼拝堂からそんなに強い聖魔法を感じたことは一度もなかったのだが……。

そういう事は口に出してはいけない。

内心で僅かに疑問を感じることもあったが、小さな疑問として葬り去った。

権力は間違いなく、そこにも蔓延している。

「ロレッタは僕と第一聖女の仲が気になるの？」

聞いてはいけない事だっただろうか？

自分は侍女なのだから、主人とその友人が話している内容を問うなどしてはいけない事のような気がしてきた。

私がいるから大切な話が出来ないとなってしまったら、侍女として失格だ。

そう、空気。

有能な侍女は空気なのだ。

呼ばれた時だけ返事をして、後は存在を感じさせてはいけない。

遅れて気付いたが、もう遅い。

次からは気を付けるべきだと反省した。

「出過ぎた質問をしてしまい、申し訳ありません」

私は頭を垂れる。

けれど下げた頭をシリル様がそっと上げさせる。

「反省などしなくていい。何でも聞いてくれていい。僕に遠慮はしないで？　先程もルーシュに言ったけれど、僕が素を見せられる人間は少ない。ここにいる時はシリルで、エース家の遠縁で、伯爵令嬢が頭を下げる相手じゃないのだから。僕はその肩書きを心底楽しんでいるし、エース家の使用人もそういう扱いをする。今は平の魔法省の官。ロレッタの同僚」

「……同僚」

「そう。同僚」

シリル様は胸のポケットから眼鏡を取り出して、私に着けさせた。

「僕はルーシュ小隊長の部下で風魔法を操るシリル。君も同じ隊で闇魔導師のロレッタ」

そう言って、シリル様が私の髪にヘアビーズを着けると、髪がラベンダー色に変化する。

このビーズには赤と蒼が添加されているのだ。

シリル様の髪は琥珀に変え、ルーシュ様の髪は紫に変え私の髪は薄いラベンダー紫になる。

ベースがシルバーブロンドなので、色の発色が明るく出る。

「第一聖女とは仲が悪い訳ではない。少なくとも周りはそう思っている。ただ僕の本音を言えば、妃として寵愛《ちょうあい》はしていないし、する予定もない。その事は一部の人間しか知らない」

頭を上げさせた時に触れたシリル様の指が、耳元から滑るように私の髪を一房掴む。

「満足した？」

「…………」

シリル様の瞳が細められる。

第一聖女殿下とシリル様は……思う所のある難しい関係なのだと知る。

政略結婚だから、そもそも政治上で結びついた関係。

相性や性格は考慮されていない。

私と第二王子殿下の婚約ももちろん政略で、相性は最悪だった。

特に、第二王子殿下の気持ちは収まりがつかないという状況を迎えていた。

若い男女の関係でいうなら、大変な悲劇……。

伯爵令嬢である私は疵物《きずもの》になり、第二王子殿下は一兵になった。

そして殿下の恋人は国外追放。

王都では流行にすらなってしまった醜聞《しゅうぶん》だ。王太子殿下と第一聖女殿下の関係もまた別の悲劇か喜劇か歌劇かは分からないが、そういったものがあるのかも知れない。

それはお二人にしか分からない類のもの。

ただ願わくば、悲劇なんてこりごりだから、歌劇か喜劇か……。

みんなで笑ってしまうような結果が良い。

伯爵令嬢と第二王子殿下の婚約破棄ですら無傷ではいられないのだから。

王太子殿下と第一聖女殿下となると、王家と教会が相対する構図が出来てしまう。

それは当然あってはいけない構図だ。

王家といえども、教会は敵に回してはいけない。

個人の関係で済めば一番良いが、政略結婚には政治がつきもの。

シリル様と第二王子殿下の性格は全然違うから、過程も結果も違う。

当然シリル様の方が比べものにならないくらい慎重で思慮深い。

そして第一聖女殿下もやはり第二聖女とは違う重い立場にある。

第五聖女と第三王子殿下。

この組み合わせが実は一番距離が近い。

なんといっても二人とも聖魔導師であり、同じ畑を耕し、机を並べて勉学に励んでいたのだ。

二人の関係は甘い恋人同士――というよりも、聖女科の同志に近かった気がするが。

先輩と後輩。

私はかつての学び舎《や》を思い出す。

聖女科は第一聖女のお姉様を抜けば、仲が良い。

緊張は第一聖女殿下と相対する時に走るが、双子の王子殿下と第五聖女相手には走らない。

むしろ教養科との関係の方がギスギスしたものだった。

教養科VS魔法科・聖女科という構図だった。

人数でいえば教養科が圧倒的に多いので、完全に数の制圧を受ける。

聖女科なんて少な過ぎて、なんの影響力もない感じだ。

なのに聖女だけ科を分けるから弱小科になってしまう。

まあ、数の制圧を受けてても魔法科はトップ中のトップではあったが。

しかし、第五聖女も今期から休学。

第三、第四聖女は留年。

事実上高等部に生徒がいなくなった。

来期の聖女等級審査はまだなのだろうか？

聖女科滅亡の危機だ。

たぶん魔法科の一部になるだけだろうが……。

落ち着いたら第五聖女の様子も見に行こうか？

私が行くのは、立場的にどうなのだろうか……。

婚約破棄騒動を起こしたばかりなので、公爵家などを訪問するのは不味そうだ。

けど、行かないとこのまま第五聖女がフェードアウトしてしまいそうではないか……。

第三王子に行って貰う?

留年が決定して、それどころじゃないのかな?

いや、一度くらいお見舞いと称して行くべきだ。

第三王子にも畑の管理や引き継ぎや小麦の件があるので、会いに行こう。

春季休暇中だがそこは会えると思う。

……たぶん。


私は二人に視線を戻す。

特に会話らしい会話はしていない。

話し出すタイミングとして、今が適切ではないだろうか……。

「あの……ルーシュ様、シリル様、相談したい事があるのですが、今、大丈夫でしょうか?」

「相談??」

シリル様は私の言葉を繰り返した後、嬉々として頷き、ルーシュ様は平常通りに頷く。

それを確認してから、私は口を開く。

「……実は私は、色々と物思いに耽るのが趣味というか癖と言いますか、取り留めのないことをつらつら考える事がよくあります」

「知ってる」

ルーシュ様が呆れたように頷く。

私の癖はバレていましたか？

「それでですね……『隣国に亡命して流しの聖女をする』などかなり具体的な想像というか想定というか妄想のテーマのようなものがありまして……。その一つに『ルーシュ様と一緒に馬車に乗っていたら盗賊に襲われる』というものもございます」

「…………」

「…………」

ルーシュ様とシリル様は一瞬顔を見合わせた。

「？」

何故今のタイミングで視線を交わしたのだろう。

ちょっと不自然だと思う。

しかし、少し待ったが返答がなかったので、私は話を続けた。

「それでですね。このテーマでの妄想は何度も何度も繰り返し行っているのですが、課題がありまして。つまり上手くいかない場所と言いますか、私の理想の立ち回りを演じるのに足りない力があるのです。まずは御者を射られた時です。私には馬を自由自在に操る力がないのです。経験もありません。そこで休日に御者の技術を教えてくれる方に通いたいという事と、護衛学です。これは侍女として欠かせない力だと思うんです。主人を守る力ですね。理想を言えば『ここは私に任せて、お逃げ下さい』と主人に告げて、自分は悪党に高らかに名乗り、足止めをしたいと。それこそ使える侍女ではないでしょうか？　だから護衛も学びたいのです。そして最後に反属性について。炎と水を上手く融合させて、有利に戦う方法が知りたい。反属性でも、共に戦える方法を知っている人がいる筈です。それを教わりたいのです」

私は思っていた事を、一気に口にした。

今、正にその状態なのだ。

つまり気が気じゃない。

王都観光であるならば、盗賊に襲われるという可能性は低い。

王城と城下など安全で近い道のりだからだ。

でも何か――ちょっと郊外にある孤児院に向かっているようなのだ。

以前にルーシュ様に孤児院に行きたいとお願いした。

そして手元にはエース家の料理人が作ってくれた焼き菓子が大量に入ったバスケットがある。

そしてルーシュ様は制服で現れた。

つまり、孤児院から上がってきた、気になる報告を確認するのだろう。

シリル様も一緒に。

今回は風の魔導師を装うらしい。

ちなみに私は闇の魔導師を装うそうだ。

もちろん闇魔法は打てないが……。

属性が違うので魔法式を覚えても起動させることが出来ない。

故に覚えていない。
こういったフェイク捜査の時などに役に立つとは気付かなかった。
見掛けだけでは直ぐに看破されてしまう。
やはり文言もそれらしくした方が良いだろう。
帰ったら十個くらい覚えよう。
一番汎用性の高いものを。
魔法省の仕事の一部を垣間見る事が許されたのだ。
とても嬉しい。いかにも社会人という感じだ。
ルーシュ様の侍女として助手をするのも良いかもしれない。
準官吏として籍だけ置いて貰おうか?
いやエース家の侍女なのだから、籍を置くのは良くない。
どちらも準になってしまったら終身雇用ではなくなってしまう。
あくまで侍女としてお手伝いだ。
しかし、見かけはともかくとして、魔法を放てば一発でバレる。
シリル様は雷の魔導師で私は水の魔導師だ。多分。
聖魔法でも戦えない事もないのだが、戦闘向きではない。
例えば無傷の賊にヒールをかける。
すると回復過剰酔いの状態異常になる。

結構敵としては堪えそうじゃないか？
フラフラする訳だし。
想像したこともなかったが、全対象に使えば全員が酔う？
味方に掛からないよう対象固定が必要かも知れない。
戦法として確立しておいた方が良いだろうか？
しかしどうやって？
自分で試す？
一度自分に掛けて、どんな具体的症状が出るのかを観察したい。
吐き気や目眩の強さ等。
そうすれば自ずと戦い方が分かってくる。
後は、植物で過剰ヒールの練習をするのもありかも知れない……。
小麦とか??
小麦の状態異常??
あまり害がなさそうな気がする。
そもそも小麦が状態異常になっても……。
エース家の花壇の一部、人目につかない所に小麦を実らせる？
美観がやや問題になりそう。
聖女畑の小麦で実験するのが、一番無難かもしれない。

なんとなくそこに落ち着いた。

落ち着けば、意識が目の前のことに向けられる。

二人はじっくりと耳を傾けてくれた上で、ルーシュ様が口を開いた。

「ロレッタ」

「何でしょうか？　ルーシュ様」

「まず御者の問題から」

「はい」

「ロレッタは何が専門の魔導師だ？」

「……本格的に学んだのは聖魔法です」

「ならば一番にやるべきは、御者が攻撃によって怪我をしたら、回復魔法だ」

それはそうだ。

その通りだ。

盲点だった。

特に命に関わる場合、直ぐに手当をする必要がある。

攻撃魔法の知識がない私が水で応戦してルーシュ様の邪魔をするより余程現実的ではないかと気が付いた。

「……本当にその通りですね……」

「……ただし、傷が深く御者を続ける事が難しい場合、ロレッタが御者の役目を果たせれば、俺もシリルも攻撃に専念出来る。エース家の御者に話を通しておくから、週に一回直接学ぶ事を許そう」

私は両手を胸の前で合わせて、ルーシュ様を見る。

なんて寛大な御主人様なのでしょう？

嬉しい。

これで心配事の一つはクリアした。

後は単純だ。

一生懸命学べば良いのだ。

学びとは学んだ分だけ賢くなり、そして楽しくなる。

懸案事項をそのままにしておくのはなかなか苦しい。

これで私は、『私に任せて下さい。御者のライセンスＦ級を持っています』とドヤ顔で言える。

想像すると気持ちよい。

序《つい》でに馬の扱いを習う時、馬の血管やら神経やら骨格なんかも調べておいた方が良いだろう。

馬が怪我をしてしまったら、御者のライセンスＦ級が宙ぶらりんになってしまう。

馬も痛々しいし可哀想だ。

出来るだけ速やかに治す為には、馬の体に詳しい必要がある。

動物の医学、獣医学の勉強も始めよう。

学びは広がりが凄いなと思う。

一代の寿命では足りない。

もっともっと学んで、格好良い侍女になりたい。

侍女道とは学びだなとしみじみ思う。

侍女道には御者の技術も魔法の技術も聖女の技術も一般的に入っていないが、私は少しずれた侍女だったので、気付いていない。

「反属性の話だけどね？」

今度はルーシュ様に替わってシリル様が口を開く。

「水と相性の良い属性って何か知ってる？」

水と相性の良い属性……。

炎は風。水は――

「雷――」

目の前にいるシリル様を見つめる。

雷の魔導師というのは、この国に一人しか存在しない。

少なくともアクランド王国で公式に雷の魔導師を名乗っているのは一人だけ。

「僕の魔法と君の魔法の相性は抜群。つまり君がもし魔法省に入省すれば、僕の隊に入る事になる。ルーシュの隊には入らない。一般的に考えればそうなる。だから分かる？」

私は首を捻る。

『ルーシュ様と馬車で出掛けている時に盗賊に襲われる』というテーマを一先ず『ルーシュ様とそ

のお友達であるシリル様と出掛けている時に盗賊に襲われる』に変えるということだろうか？

テーマ自体を変える⁇

私は大きく首を捻る。

苦しくないですか？

そのテーマ変換？？？

そもそもご主人様の友達が同行マストって？？？

シリル様の言葉を受けて、私は考え込む。

確かに——雷の魔法というのは、つまるところ雷をどれだけ通す事が出来るかという事にも繋がる。大地へと落とした場合、四メートルと行かずに吸収される可能性が高い。

銀や銅などが一番雷を通し易いので、金属で道を築くのが……理想ではあるが。

水でというのもあり？

水で雷の道を作るアシストが出来れば、範囲も威力も広がるかも知れない。

少なくとも炎のアシストと違って邪魔にはならない。

雷は光速で進む為、水は同時ではなく事前に張る形の方が良いだろうか？

そこまで考えて、自分の父のことが思い出された。

氷の魔導師は水以上に雷の魔導師との相性が最高なのではないかと。

そもそもが、氷の魔導師というのは水も自由自在に操れる。

雷の経路を作るだけではなく発生にもアシスト出来るのではないかと。

なんせ氷の粒同士が摩擦熱を作ることによって発生する訳だし……。
まあ、発生源は一つではないが……。
氷の魔導師がシリル様に同行すれば、彼は無限に雷を打てるかもしれない。
少なくとも発現は大分楽で安定する。
しかし……地上の温度で氷を摩擦。
手じゃない何かで振動させる必要がある。
しかも氷点下の氷のまま。
氷の魔導師ではないのに、氷の魔導師的な思考で考えを巡らす。
私は配色ブリザードなのに、氷の素養がないとはどういうこと？
聖魔導師がメインで水魔導師がサブ扱いだ。
魔力素養はどちらが上か？　で専門が決定する訳ではない。
聖魔力が聖女並みに発現している者は、聖女優先の進路になってしまうのだ。
学園に上がる前の、年の離れた弟がいる訳だが、彼は水魔導師。
……たぶん。
水の魔導師特有のブルーブロンドの髪が、毛先に行くにしたがって淡くなる。
水魔法の系譜。
たぶんセイヤーズ本家に行けば、似た配色の魔導師がいると思う。
氷も雷と同様に、発現しにくい。

取り敢えずは父しか見たことがない。

氷の矢と水の矢の威力を比べれば当然氷の方が上だ。

その上、氷の魔導師は状況によって使い分けることが出来る。

氷の矢の方が威力は上なのだが、水の矢より破壊されやすいので、剣を相手にする時、どちらが有利か考える選択肢がある。

水は切れないところが重要な長所だし。

「私はまず魔法で、シリル様のアシストをする技術を学ぶべきだと？」

「そう。僕は今、魔法省に籍を置いているし、君とフォーメーションを組む機会が多いと思う。想定しておいても損はないよ？」

確かに、損はない。

今現在そういう状況な訳だし。

大いにあり得《う》る。

「では、私が適切な場所に水を張れば良いのでしょうか？」

「シンプルに言うとね」

雷を横に進ませることが出来れば、それは想像以上の武器になる。

「素敵な関係ですね」

「素敵な関係でしょ？　相性抜群だよ」

シリル様に微笑まれて、私もにこりと笑い返す。

雷の魔導師と水の魔導師は相性抜群なのですね。

盲点でした。

でも——

ルーシュ様とは反属性……。

私がルーシュ様の為に出来ることはないのかな？

御者台を守ることだけなのかな？

小さな溜息が出そうになった時、向かいに座るルーシュ様と目が合った。

「炎の魔導師の為に、水の魔導師が出来ることもあるぞ」

「!?」

なんですって！

本当ですか？　知りたいです！　ぜひ、ぜひにもお願いします。

私は恐ろしい速さで食い付いた。

「俺の魔法は雨や霧だと魔法引火が遅れる。だからまず、周りの空気が乾燥しているに越したことはない。そうすると展開が速くなるし」

私は今、活路を見た。

反属性の。

その通りだ。

水を発現させてアシストする事ばかり考えていたが、大気中の水分量をコントロールするというのは素晴らしいアイディアだ。

その水を容器に入れても、近くの川に流しても良いのだが、一番効果的な使い方は、敵の対象を絞って雷の経路を作る事だ。

そうすれば一石二鳥になる。

三人だから出来る相乗効果で、素敵な案。

大気中の水をコントロールするのは、水魔導師にとって初歩中の初歩。

最初に訓練する魔術だ。まずは大気から一滴の水を取り出す。

水蒸気を水に戻す。

気体から液体に変化させる事。

この魔術は当たり前だが乾燥した土地では難易度が非常に高くなる。

逆に霧なら出したい放題だ。

そりゃそうだ。大気が水で重くなっているのだから。

私は知らず知らずのうちに笑みが零れた。

炎と水は悪くない。かも？

それがとても嬉しい。

私のやるべき事は、炎の魔導師が魔術を顕現させやすくするために大気中の湿気を管理する事。

つまりは戦いやすい環境を作る事だ。

その考え方は非常にシンプルで分かりやすい。

炎を避けながら、水魔法を放つより、余程役に立つ。

これで盗賊に襲われた時に、『出来るだけ遠くに行け！』という事態に陥らなくなる。

活路を見出せた。

ルーシュ様と目が合うとドヤ顔でニコニコしてしまった。

いや……ドヤ顔は前のめり過ぎただろうか？

実際の所、まだ何も起きていない。

「ロレッタ？」

「？」

反属性のルーシュ様にドヤ顔をしていたら、属性相性の良いシリル様に話しかけられる。

「今、ニヤニヤしてなかった？」

「………」

自覚的にはニコニコでも、実際はニヤニヤなんですね！

主観と客観の違いって、凄いです。

「雷が何故ジグザグの軌道で落ちるか知っている？」

確かに、激しい雨の中、空からジグザクになって落ちてくる。

普通に考えれば何かにぶつかって進路を曲げているのだろうか？

「雨の粒にぶつかりながら落ちてくる訳だ」

「？」

そうなんですか？

なんで知っているんですか？

雷の魔導師だけが知っている感覚としか思えない。

稲妻はまだまだ謎が多く、人間が理解出来ない事だらけなのだ。

でも……それは人体にもいえる。

人体はブラックボックスで分からない事だらけ。

聖女は痛覚、人間が痛みを感じる感覚を鈍らせる事があるのだが、この一つの行程を取っても、とても難しい。

一人一人感覚というものは違うから。

人の体の反応が一人一人違うという事は、薬の量が違うという事だ。

男性であるとか女性であるとか、老人であるとか子供であるとか。

そういう部分でも違うのだが、それだけではない。

生まれ持っての体質の違い。

これは聖女を悩ませる一番の種とも言える。

なぜならば薬は諸刃《もろは》の剣《つるぎ》。

薬であり毒なのだから。

聖女は万能と思われがちだが、そんなことはまったくない。

実は失敗も存在する。

それはどの魔導師でも一緒だ。

炎でも雷でも光でも闇でも。

炎だって少し間違えれば自分の手が火傷をする事だってある。

雷だって誤って自分の手が痺れた事は一度や二度ではないはず？

その中でも、比較的間違いが許されない魔導師が光と闇だ。

人体に直接魔法執行を行うからだ。

今でも他人に聖魔法を掛ける時は、刹那の躊躇いがあるし、緊張もする。

そういえば中等部の時は、自分の体を使って、よく聖魔法の実験をしてたっけ……。

あまり褒められた事ではないのだが、でも他人に掛けるものを、自分は全く受けた事がないとなると、少し不安になるのだ。

聖魔法の底辺概念は、〝今よりも悪くするな〟。

痛みの緩和もそうだけど、強くかけ過ぎて後々痺れが残ったりしたら、今よりも悪い。

だから、最悪の最悪になるのなら、施行するなとさえ言われる。

どんな時に言われるかというと。

治し方を知らない時。

魔法式が解けない時。

こんな時は、消極的治療。

緩和治療などが勧められる。

聖女は人体に精通しているが、やっぱり雷の魔導師は雷に精通しているのだろうとほんのり思う。

シリル様の言葉を反芻《はんすう》する。

雷は雨の粒にぶつかりながら落ちてくる。

真っ直ぐに落ちれば直下型雷で、威力が半端ない。

その場にいるものが全て吹っ飛ぶ勢い。

瞬時に決着がつきそうだ。

……湾曲やジグザグに落とす事で生まれる利点とはなんだろうか？

雨粒を弾きながら落ちてくるという事は、軌道変更に水魔法が有効になる。

地上に水で道を作った場合、直ぐに地面に吸収されてしまう。

空中に作った方が良いだろうか？

直線ではなく、雨粒のような水滴で作る？

どうすれば有効なのかを考えていると、シリル様が付け足すように続ける。

「君が水魔法を使うときの注意事項は、自身を基点に展開しない事。これは凄く重要だし、やりがちな事だから気を付けて……」

それはその通りだ。

そうでなければ自分が感電する。

でもやりがちだ。

自分を始点にする事など日常茶飯事。

水弓だって水槍だって全て自分が始点だ。

あさっての方向から出す訳じゃない。

「特に水系で戦いに慣れていないと、危険なんだよ?」

「……………」

水が一番感電しやすい系列になるだろう。

炎も風も闇も光も土も感電しない。

水と雷って……。

相性?

抜群??

共闘に慣れる必要がある。

練習しないと。

まずはシリル様の魔法の特性をしっかり学んだ方が良い。

その為には、魔法省に出向いて、訓練を見学させて貰えば良いだろうか?

では、週に一回の休みの日に実行してみよう。

休みの日は聖女科の畑に行き薬草の確認をした後、王宮に行き第三聖女と第四聖女に会い第五聖女のお見舞いに誘い、魔法省で見学をさせて頂く。そして御者の訓練。

なかなか充実している。

ついでに、ルーシュ様の魔法展開も見せて頂こう。

礼拝堂で一度見ているのだが、あの時は、場合が場合だった所為《せい》か、まったく展開感覚が分からなかったのだ。

私もそれどころではなく、人生の危機だったという事も多分にあるのだが。

魔法省での見学なら、心の準備が出来ている。

今、放ちますよ？　展開しますよ？　という親切状況だ。

きっと式を読み込める筈だ。

そうすれば次にやることは、ルーシュ様の周囲の水分量を減らすこと。

結果、事前事後でどの程度の違いが出るのか？

比較して以後微調整だ。

魔法省の責任者というか、それはルーシュ様のお父様なので、ルーシュ様に直接見学許可を取れば良いだろうか？

もしくは正式に申請する？

「だからね？」

「え？」

シリル様の話は普通に続いていた。

彼の左手がすっと伸びて、私の髪飾りを取る。

左利き？

そういえば、サインも左手で書いていただろうか？

いや……右手で書いていた気がする。

意図している時は、右利きに見せているんだ。

左利きの雷の魔導師……。

ふと、どこか遠い昔、左手で自分に触れる懐かしい手の感触を思い出す。

髪飾りを取られた髪は、元のシルバーブロンドに戻った。

「？」

変装中ですけども？

これだと変装がちぐはぐな事に……。

シリル様は取ったリングを小さな木箱にしまってから、ロレッタに返す。

「このリングを着けるタイミングは、馬車から降りる時にしてね？」

私は首を傾げた。

何故？

馬車から降りる時、というのは孤児院に着いた時という事？

今でもその時でも大差がない気がするのは私だけだろうか？

「……銀は雷をよく通すからね」

確かによく通りそうではありますが……。

「剣とかさ、金属物を標点に落としたりするから……」

「??」

つまり、雷を落とすときに、剣や金属物を狙うということですね？

だから一応金属である髪飾りも取ったと。

でも、何故今⁇

今は雷の魔術が発生する時ではなさそうなのですが……。

孤児院に向かって、焼き菓子を持って行く、三人の魔法省官吏という状況ですよね？

そして制服を着ているのは、教会ではなく魔法省に話を通したいという孤児院の意向を汲んだ証明のようなもの……。

雷を金属に落とす可能性があるので、外すというのはどこに繋がる？

「君は、馬車から一歩も降りてはいけない。窓に近づいてもいけない。全てが終わってから、このリングを着けて制服を靡《なび》かせながら降りてくるんだ」

「え？」

いよいよ私は分からなくなった。

全てが終わってからって……。

全てとは？

それについての疑問を発そうとした時、馬蹄の音が何十も響いた。

私の頭の中で、いくつかの点が線に繋がった。

孤児院から魔法省に上がってきた気になる報告とはなんですか？

第9話　教えて下さい

馬車は抵抗する間もなく急停止し、数十の騎馬に囲まれた。

窓に近づかないように言われ、屈んでいると、窓を槍が突き破る。

大きな音が響き、私は隣に座っていたシリル様に庇われた。

凄い、問答無用に殺しに来たのか脅しに来たのか分からないが、初動の攻撃で心が怯《ひる》みそうになる。

馬車のドアが乱暴にこじ開けられそうになったところを、ルーシュ様が逆にドアを蹴り飛ばして、賊を落とし、そのまま賊を踏みつけにする勢いで飛び降りる。

意外に武闘派なんですね……。

その後を、シリル様は優雅に降りて行った。

しかも後ろ手でドアまで閉める丁寧さ。

どんな時でも品行方正なんですね……。

ドアが閉まる直前、魔法省の制服を着た二人の魔導師を目にした賊が、一瞬目配せし合ったのが見えた。

それはそうだ。

中にいたのは品行方正な貴族ではない、一騎当千の魔導師だ。

賢明な賊なら逃げる。

暗愚《あんぐ》なら戦うだろうか？

「馬から降りて武器を捨てろ。言う通りにしなければ三秒後に手を燃やす。骨まで焼き尽くす高温で行くから覚悟を決めておけ」

馬車内でへたり込んでいた私は、おずおずと窓枠に近づく。

もちろん外からは見えないように、伏せながら目だけで外の様子を窺う。

シリル様には窓に近づくなと言われていたが、敵から見えなければギリギリグレーラインだろう。

だって気になるじゃないか？

状況から考えて、シリル様はこの襲撃を知っていたのだ。

もちろんルーシュ様も。

何故なら気になる事とやらの案件を持っていたのはルーシュ様張本人だし、シリル様は今、魔法省に在籍している。

省内かエース家でかは知らないが、二人は情報を共有していた。

だから、私に髪飾りを取るように言ったのだ。

なぜ、馬車から降りる前に着けるかは分からないが、その方が都合が良い何かがあるのだろう。

もちろん私は言われた通りにするつもりだ。

何故に情報を共有してくれなかったかと考えれば、多分魔法省の機密なのだろうし、自分は使用人なのだから当たり前というところに落ち着いた。

だがしかし、成り行きは見たい……。

ルーシュ様、シリル様を十数人のいかにも盗賊といった出で立ちの荒くれ者達が取り囲んでいる。

武器を捨てろと言われて捨てるだろうか？

普通は捨てない。

捕まったら牢行きだろうし、おいそれとは出られない。

案の定、槍を持った一人の賊が馬を反転させようとした瞬間、両腕が燃え上がり落馬しながら地面を転がる。

火を消そうとしているのだろうが、ルーシュ様の火は通常の炎ではないので消えない。

「消してくれ!!」

「はあ？　何言ってんだ？　今まで命乞いする貴族をその手に掛けてきたんだろ？」

「……そんな事は……。武器を捨て大人しく金を寄越せば、命は取ってない」

「……ならばお前も武器を捨てれば良かったじゃないか？　最初にそう言ったよな？」

「今はもう捨てた。大人しく投降する。だから消してくれ」

「じゃあ、お仲間にもそう伝えろ」

「………おい、馬から降りて武器を捨てろ」

そもそもがそんな助言を聞くような輩《やから》ではなさそうだが……。

やはり目配せをしていた。

逃げる？
戦う？
どうする？
といったところだろうか？
逃げるとしても機は作らなければいけない。
武器は高価なものだし、それが無くなれば稼業が傾く？
しかし捨てなければ燃える。
燃えるのは嫌だ。
じゃあどうする？
魔導師と戦う？
相手は二人？
まともにやっても敵わないが、虚を突けば勝機はある？
などと頭の中で猛速に考えている事だろう。
私なら投降一択だ。
魔導師二人を相手取って勝てる気がしない。
でも盗賊の頭の中身は分からない。
そもそも盗賊は頭脳派ではないから盗賊な訳だし。
彼らの恐ろしいところは、ルールや常識が通用しない暴力的なところだ。

暴力で人の金を盗む。

暴力で上下を決める。

暴力で言うことを聞かせる。

教会とは違う種類の治外法権。

そうこうしている内に当たり前だが数秒経過。

計、十秒はいったかな?

皆、燃える事を選択したのだなと思った瞬間、世界から光が消えた。

闇の中を蒼い稲妻が走る。

ロレッタの網膜に光の粒子が映ったと同時に耳を劈《つんざ》く程の落雷の轟音《ごうおん》。

恐怖から目を瞑《つむ》り耳を塞《ふさ》いだ。

背筋に戦慄が走る。

雷の魔術が構築されたのだ。

その余りにも大規模な威力に思考も体の動きも止まった。

闇が明け、世界に光が戻ると、そこには盗賊達が気を失って転がっていた。

彼らは燃えるのではなく稲妻に打たれたのだ。

ずっと大きな魔法が展開している気配がしていたが、雷の魔法陣だったんだな……と。

討ち洩らしなのか、気絶を避ける為なのか分からないが、盗賊二人の髪の毛が燃えていた。

髪は……とてもよく燃える。

そして先程の手を燃やされて転がり回っていた人の火は消えていた。

火傷はしていたが、見た目よりも軽傷に見える。

脅しだったのかな？

落雷によって気絶した人は、後から来た衛兵が一人一人縛って護送用の馬車に詰め込んでいく。

そして髪がチリチリに燃えた人は、リーダーのようで残された。

多分リーダーとサブリーダーだろう。

二人とも髪がチリチリということは雷ではなく炎で攻撃された。

たぶん意図的に。

ナンバーワンとナンバーツーだけ意識を失わせなかったのが偶然な訳がない。

予期されていた襲撃なら、離れて衛兵や護送馬車がついて来ていたのには頷けるが、私が出るタイミングはいつだろうか？

まさかタイミングを逸した⁇

そうは言ってても出なくてはいけない。

そういう打ち合わせだ。

私は小箱から髪替え用の魔道具のリングを取り出すと、髪を薄紫色に変えて、颯爽と馬車から降りようとして、足が地面に全然届かない事に気が付いた。

ステップがない。

どうすれば？

数瞬考えてジャンプした。

足首がグギとなり嫌な予感がしたので、こっそり聖魔法で治し制服を靡かせる。

「……闇の魔術師⁉」

髪がチリチリの盗賊が私の姿を確認すると、目を見開いた。

その数瞬後、彼らはガタガタと震え出す。

え？

過剰反応⁇

私を見て？

恐怖で震えられたのは初めてです。

何故、荒くれ者の不届き者が私を見てそこまで震える？

衛兵に両手両足を縛られ、その上、自由に立てないように、手足を繋ぐように紐が回されていた。

そんな紐を見ながら、ルーシュ様だったら一発で燃やせそうな拘束だな……とぼんやり考えていた。

ところで、なんで私は颯爽と馬車から出るのでしょうか？

その点だけは繋がっていません……。

足を挫きかける……という締まらないアクシデントはあったが、バレていないと信じて、魔法省の制服を颯爽と靡《なび》かせる。

小柄なので全然足が届かなかった。ある意味吃驚。

ルーシュ様やシリル様がエスコートしてくれていたので気付かなかったというのもあるし、他のこと、主に盗賊に気を取られていて、馬車のステップの事など思い出しもしなかったという事もある。

迂闊《うかつ》だった。

降りたところで何をすれば良いのか微妙に分からない状態なのだが、そうはいってもおろおろするというのも違うのだろう。

なんと言っても制服を靡かせるという指定が入ったのだ。

つまり格好良く振る舞え、威厳を持って振る舞え。

ということだろう。

私に威厳なんて持ち合わせはないが、それは中身だ。

外見じゃ分からない筈。

衛兵がキビキビと動く中、私は髪がチリチリの盗賊二人の前にいるルーシュ様とシリル様の元に向かう。

二人のいる場所に着くと、彼らが左右に割れたので、失礼して間に入った。

ルーシュ様は盗賊から目を離さず、シリル様だけがチラリと私を確認する。

そしてシリル様が口を開いた。

「人格矯正印と奴隷契約印の構築に入ってくれる？」

シリル様に指示され私はこくりと頷く。

頷いたは良いが、言葉の意味がやっと理解出来る程度なのですが……。
人格矯正印と奴隷契約印……。
凄く物騒な名前の印。
今まで教科書レベルでしか聞いたことがない名の魔法だ。
分かる訳ないのですけども？？？
という話だ。
だがしかし、私は今、闇の魔術師。
闇の魔術師というのは印の魔導師だ。
ココ・ミドルトンに姦通罪の印と国外追放の印を押したのも当然闇の魔導師。
そういうのが得意な専門の魔術師を闇の魔導師と呼ぶ。
呼ぶ。
もちろんそう呼ぶ。
だがしかし――
私は闇の魔導師ではなく、水と光の魔導師だ。
人格矯正印とやらと、奴隷契約の印を作れと言われても当然だが作れない。
だが、どう考えても作れませんけども？　という場面ではない。
空気が読めない私にだって、それくらいは辛うじて読める。
ああ……――

ここはどうするのが正解？

はったりで光の魔法陣を出すのが正解？

でも当たり前だが、光というのは闇と対極にあり、ちょっと神々しいというか、温かい雰囲気というか、良い感じの波動の印で禍々しさが微塵もない。

魔法陣に詳しくない者でも、人格矯正印や奴隷契約の印じゃないことくらい分かりそうではないか……。

聖魔法の印ははったりにならないだろう……。

きっと不正解。

どうしても印が必要な時は水でいこう。

でも……私の専門は光の魔術であり、水は独学。

正直大きな魔法は打てない。

小者感が出てしまう可能性がある。

内心でじわりと嫌な汗をかく。

ただ、外面はニコリともせず仏頂面だ。

あまり感情が表に出るタイプじゃなくて良かった……。

シリル様だって、私が聖魔法と水魔法しか打てない事は百も承知。

それでも話を振ったのだから、光の魔法陣を出す事も、水の魔法陣を出すことも不正解かも知れない……。

ならば、魔法ではなく……フリで？

行く⁉

「……では、人格矯正印から構築を開始します」

そう言って、両手を体の前で組み、体内に魔力を流して水魔法の中で一番大きな魔法の形成に入った。

私の髪がブワッと風を受けたように靡く。

滅多にしない事だがゆっくりと詠唱でもしようかと思った矢先、二人の盗賊の絶叫が響き、何でも言う、何でも聞いてくれ――という悲痛な声が辺りに木霊《こだま》した。


盗賊達は喋った。

捲《まく》し立てるように思い付いたままべらべらべらべらと知っている事を全て喋っているのではないかと思う程。

何故盗賊をやっているのか、どんな幼少期を過ごしたのか、どんな親だったのか等、聞いてもいないことまで、なんでも全て喋り抜いた……。

人格矯正印の力……恐るべしだ。

人格矯正印の魔法は放たなかったが、彼らの性格がどんな環境から構築されたのかは分かった。

まさに人格形成のストーリーを聞いているような感じ。

彼らが言うには、この先の孤児院に寄付に行く貴族を狙って襲撃していたとの事だ。

それは自分たちが自主的に行っていた訳ではなく、依頼を受けてそうしていたと言っている。

依頼を受けると金が貰えるのかと聞くと、実は貰えない。

貰えない替わりに、傷などを只《タダ》で治して貰えるというのだ。

盗賊は聖魔法なんて受けられない。

公式な稼業ではないし、余裕もない。

でも怪我はする。

治して貰えるのは有り難い。

貴族の馬車を見つければ襲撃するだけなので、大したリスクもないし、悪くない仕事だった。

ただ依頼主は身分が高い人間だっただろうと思うが、報酬が金ではなかったので、そんなに金持ちじゃないと思う。

ただ、もちろんこういう仕事だから相手の名前なんか知らない。

顔も隠していた。

見た事があるのは目だけだ。

目は普通の薄い灰色だったから魔導師ではないし、光の魔術も打てなかった。ただ、一緒に聖魔導師を連れてきて傷や病を治してくれる。その聖魔導師はいつも同じ婆さんだった。

全部言った。

もう隠している事なんていっさいがっさい何にもない。

俺に人格矯正印を押す価値なんかない。

奴隷としての価値もない。

部下と俺たちはどっかの坑道にでも送ってくれ！

印だけは入れないでくれっ――。

何故か最後は悲痛な叫びに変わっていた。

「……お前、何人殺したんだ？」

シリル様がその黄色の瞳をやや細める。

「緻密《ちみつ》なお前達の事だから、知っているのだろう？　そんなに沢山はやってない。さっきの部下が言っていた通り、俺たちは殺し専門じゃない。金が手に入れば死体なんかいらない。なんの得にもならない。ただ抵抗してきた場合は殺《や》る。そうでなければ自分たちが殺られるから。でも孤児院に寄付に行く貴族は殺ってない。孤児院に寄付に行く貴族なんて女が多いし、武器も持っていない。聖魔法を受けたかった。それに金とか物品とかそういうのが欲しいんだ。お前達みたいに、お前達みたいに……俺らみたいなのは親や生まれに恵まれていない。物心付いた時は、もう裏の道に入っていた。毎日毎日スリをして生きるしかないそんな暮らしだ。盗みが環境で日常なんだ。嘘じゃない」

「嘘だなんていってないだろ？」

シリル様の声が低くなる。

「初動で槍を突いただろ？　あれで目を突かれた令嬢がいるんだよ？　命は助かった。でも何故だ？　お前達の幼少期のような恵まれない子供達に金を寄付しに行っただけなのに、なぜ目に槍を突く？　彼女がいったい何をしたんだ？」

「……それは、それは悪かったと思っている。でも俺たちだって怪我はする。聖魔法をどうしても受けたかったんだ……」

「中を確認せず初動で槍を突くのは、戦意喪失させて自分たちが怪我をしない為だろ？　その為には貴族の婦人や子女が怪我をすることなんてなんとも思ってないからだろ？　全部自分たちの為なんだろ？」

「………」

「孤児院に寄付に行く者は、自分たちの為じゃない。お前達の幼少期のように底辺を這いずり回っている子を助ける為だ。スリをしないと生きていけない子に、生きる場所と食事を提供する為だ。盗賊にならずに済むようにする為だ。お前、そういう事分かってる？　それとも考え無しの馬鹿？」

「………」

「聖魔法を受けた事があるのなら分かるだろ？　目を槍で突かれたらどうなるかくらい？　聖魔法は壊れたものを復元するのは難しい。目の切れた神経を一つ一つ繋ぎ合わせて、元に戻すまでどれくらいかかるか分かるか？　ご令嬢はまだ目が見えないままだ。痛みも相当強い。毎日毎日泣き暮らしているよ」

「………」

「彼女がお前に何をした？　お前個人に何か悪意を向けたか？　その日その時まで会ったこともない関係だろ？　無関係の人間に、金欲しさに暴力を振るったんだろ？」

「…………」

「印なしの強制就労者になりたいなら、灰色の目の依頼者と年老いた聖魔導師の声や背格好を忘れない事だな」

「忘れなければ、印は押さないのか？」

「それは忘れなかった時に答えてやるよ。まあせいぜい死なない事だ。お前が死んだらお前の部下に奴隷印を押してしまうかも知れないな」

「…………つまりは依頼者が俺を殺しに来るんだな？」

「そうだろうな。お前に死んで欲しいのは俺たちじゃなく、お前に仕事を依頼した者だろうな」

「……俺は結構保身が強くてね。だから初動で槍を突く訳だが。忠告されたからには生き延びるが、助けてくれるんだろうな？　毒ならまだしも暗殺者が来たら終わるぞ」

「注意はするが、確実性なんてないからな。せいぜいその無い知恵を絞って絞って絞り切るんだな。暗殺者が嫌うものがなんなのか考えておけ」

「…………お前は定期的に会いに来てくれるのか」

「俺は会いに行かないが、部下を行かせる」

「……分かった。ならば取り敢えず毒の特徴を絵で纏めた図でも差し入れてくれ」

「……ああ、そうしよう。序《つい》でに文字表も入れてやる。せいぜい勉学に励むんだな。命の為に……」

シリル様は小さく笑った。

第10話　お喋りの心

護送用の馬車は二台だった。

一台は雷で気絶した盗賊を折り重ねるように乗せて、既に王都に向かった。

もう一台は、多分火傷を負った三人を乗せる馬車。

シリル様が途中で乗り継いで行くように指示しているから、別の馬車で運ばれるのだろう。

護送車ではなく、乗り継ぎとなるとかなり隙が出来る。

それでも別の監獄に一時収容するという事……。

王都から離れた場所？

つまりは依頼者が見つけにくい場所と考えられる。

想像ではエース領だろうか……。

そこはハッキリ聞くべきではないことは分かる。

聞けば漏れる。

漏れるのは良くない。

喧噪から静寂が返って来ると、私達は何事も無かったように、馬車に乗り込む。

向かっている場所はこの先の孤児院。

……つまり捕り物が終わっても行く必要があるという事だ。

報告なのか、別の細かな事情があるのかは分からないが……。

というか……。

教えて下さい。

事前にもう少しだけ詳しく！

侍女なので情報を共有とまでは思わないが、せめて、自分の役割部分だけでも！

ホント、お願いします。

事前に分かっていたら、人格矯正印と奴隷印について調べて来ました。

詠唱くらいは出来るようにしておいたし、フェイクの魔法陣くらいは作れるように練習して来ました。

もちろん帰ったら調べますけども。

公には見る事が出来ないかもしれない。

閲覧制限。

そもそも本来は、闇魔導師しか用のないものな訳で。

聖女が閲覧申請すると目立つのだろうな？

でも伝えるべき内容だから焚書にはならない。

焚書にした瞬間、技術は生きている人間の中だけにしか存在しなくなる。

その人間が次世代の人間に直接伝えるしかない。

伝えなかったら失われる。

結構危うい技術になることは確実だ。

普通に考えて王家と闇の侯爵家が管理している筈だ。

闇の侯爵家には伝《つて》がないが……王家は……。

そこまで考えて隣に座るシリル様をチラリと見る。

見ると目が合い微笑み返された。

あんな事があったのに、もう涼しい顔に戻っている。

今までもこれからも、彼と私では越えて行く修羅場の数が違うのだろう。

あの魔法も——

ちょっと見た事がないくらいの大魔法だった。

空に大きな魔法陣を展開させる訳だ。

頭上を見ていなかったが、いったいどれくらいの大きさの魔法陣だったのだろう。

私が使う魔法というのは光の魔法と水の魔法。

光はともかく水は生活魔法だ。一個一個はとても小規模。

でも……彼が放った雷の魔法は規模も威力も桁違い。

魔法陣に盗賊の位置情報が組み込まれていたのか、もしくは金属製の武器に落としたのかハッキリした事は正直何も分からなかったが、雷の魔術師は世界を変えると言われるのも頷ける。

そもそも建国の王が雷の魔術師な訳だし。

それは偶然ではないのだろう。
王家はいつの時代も雷の魔術師の誕生を心待ちにしている。
こういう事だったのかと、肌で実感した。
勝てる気がしない。
ひれ伏すしか選択肢がない。
王になる器の魔術師の前では――
「シリル様、あの魔法は素晴らしいものでした」
「ありがとう。君の聖魔法も素晴らしかったよ？　足を挫いたんだろ？」
「……………」
ええ。挫きましたとも。
地面に届かずに……。
私は今頃になって赤面する。
あんな場面で足が届かないなんて……。
グギとなった瞬間転ばなくて本当に良かった。
きっと転んでいたら、ブラフは不発に終わっただろう。
そう思うと、あれは分岐点だ。
成功か失敗の。
己の足の長さはしっかり把握しておくべくだと思った。

後学の為に。

「それにしても大変にお喋りな盗賊でしたね……」

喋る事喋る事。

盗賊のリーダーというものが、あんなにぺらぺらぺらぺら舌が回る種族だと思わなかった。

しかもノンストップ待ったなしだ。

「ロレッタは盗賊が何であんなに喋るか知っている？」

「何故でしょうか？　今日初めて知った知識です……」

シリル様は盗賊がお喋りだった理由を教えてくれるらしい。

というか……明確な理由があるものなんですね？

そういう意味でも驚きました。

「まずは、依頼を受けて失敗してしまったという場合、依頼主は接点のあった部分、窓口になっていたリーダーかサブリーダーかもしくは槍の特攻担当だった男、つまりはそれなりの地位にいた者にはいち早く死んで欲しい。もちろん足が付くからなんだけど。だから依頼主に殺されない為にも男は知っている情報を全部綺麗に喋る必要があった。だから依頼主に関する情報は最優先に早口で伝えた。そして二つ目。印を押される事が絶対に嫌だった。印さえ押されなければ、自分は自分のまま、人格も思考も感情も保てるからね。人格矯正印というのは、こちらに理想的で従順な人格を組んで流す訳だから、彼は彼ではなくなる。もちろん命に別状はないけどね。自分という人格は消滅する。それが恐怖だったんだろうね。だからそういう意味でも発動前に僕らが欲しがっている情報は全部喋った。そして三つ目の理由。彼らにイデオロギーがないって事。腕っ節が強かったから、盗賊になって、人から物を奪い、傷つけて自由に生きて行く道を選んだ。特に社会思想がある訳じゃない。社会思想――つまり他人から教義を植え付けられた人間は、その教義の為なら他人が死んでも自分が死んでもなんとも思わない。だから捕まっても拷問されても口は割らない。自分の命よりも教義が大切だからね。盗賊にはそういったものはない。捕まった以上、どれだけ条件良く捕まるか。もしくは逃げるか……。だから黙っている必要なんてまったくなかった。もしもそういった輩で黙っているなら、プライドとかそういうものなんだろうけど、力の世界だからね。自分より圧倒的な戦闘力の前にはあっさり折れる傾向に有る。これが四番目の理由。力で敵わないと認めたという事」

……なるほど。

だからあんなにもぺらぺらぺらぺらぺら喋ったと。

理にかなってるな……としみじみ思う。

依頼者が盗賊に一番漏らされたくなかった情報と言えば、灰色の瞳の依頼者と聖魔導師と聖魔法の執行だろうなと思う。

そこまで言われたら、かなり絞れるというか……。

年配の聖魔導師であり女性。

潜りの聖魔導師でもない限り、侯爵家、公爵家、王家に教会と絞られるし。

その上、王都周辺で活動する盗賊に依頼となると……。

何故間に人を挟まなかったのかと思わなくもないが……要は金だ。

報酬が金で済むなら、人を挟んでも問題ない。

でも報酬が聖魔法って……なんで？

と思わなくもないが、つまり単純に金がないのだろう。

潜りの聖魔導師として金を稼いで払えば良いのにとも考えるが……聖魔法に金を払える人間はそもそも貴族やら豪商で金持ち。

あっさり身分が割れるかも知れない。

「ロレッタ」

「はい」

改めてシリル様に名前を呼ばれる。

「事前に何も言えなくてごめんね」

「いえいえいえ。大丈夫です。言えない理由は察しがつきますし」

内心では是非言って下さいと思う訳だが、それがなかなか難しい事くらい想像が付く。

私は事前に聞いていていれば準備を余念なくする人間だ。

それは逆に目立つのかも知れない。

なんせ王立図書館の閲覧制限がかかった本を見ようとするし。

そうなれば、身分証の提示が必要だし。

各方面にバレるよね。

シリル様とルーシュ様はそれをして欲しくなかったのかも知れない。

考えの及ばない範囲で別の理由があるのかも知れないし。

なので……実はとっても教えて欲しかったが、それによって失敗するのは嫌だから、きっと結果がベストなら、事前判断もベストな……筈？

と思う事にする。

「依頼主は分かった？」

「…………」

いや……。

分からないですけども？

大分絞り込めそうな情報だなというところまでは絞っていましたが……。

つまりはシリル様とルーシュ様はグレーラインの人間を既に研磨に掛けたと……そういう事なんですよね？

そして私も洗い出しをした？

どう？

と聞いているのですよね？

思考速くないですか！　頭良すぎませんか！　優秀過ぎませんか！

私は沈黙した。

先程の情報をもっと煮詰めてみようと思う。

つまりは聖魔法の世界の事柄な訳だ。

いつも同じ聖魔導師の婆さんだったと言ったのだから、年配女性の聖魔導師と灰色の目の依頼人の組み合わせ。

聖魔導師を私自身が全て把握しているかと言えばしていない。

しかし聖女はしている。

なので、まずは自分の分かる聖女から。

今期の聖女はもちろん、前期、前々期。

ちなみに今期以外の聖女にはその時期と年代の番号が付いている。

それは今の陛下の御代になって何期目の聖女かという事なのだが、私達は陛下の御代になってから一代目の聖女。

つまり今上陛下の御名から頂いて、エトノアール一期聖女と正式には呼ぶ。

しかし、その名を頂くのは来期の聖女が修学してからなので今は今期の聖女と呼ばれる。

年代が上の聖女は前国王陛下もしくは前々国王陛下の御名から頂いているから、前国王陛下パーシヴァル期か前々国王陛下カルヴァドス期の聖女になる訳だ。

前国王の御代になると最年長が四十代の聖女となる……。

一般的に婆さんとは呼ばない年齢だと思う。

現国王陛下はシリル様のお父様なので割合若い。

私の父より少し上。

私は聖女名鑑をゆっくり捲っていく。
カルヴァドス期の聖女になるだろうか？
私は聖女のローラー作戦を決行する。
正確な方法だ。
しかし何を基準にローラーを掛けるかだ？
何の条件に絞る？
状況から類推するに、範囲指定は貧乏で身分が高いの二点。
なんせ盗賊自身が自分の依頼主の事を貧乏なのではないか？　と言ったのだ。
危ない仕事は足の付かない金に限る。
しかしお金というのはどこからか湧いて出るものではない。
私はお金の無いむなしさとやるせなさについて身を以て知っている。
伯爵なんて名ばかりの庶民？
ではないが、庶民でも私より裕福な人間はいるだろうと思う。
商会長とか？
王家、公爵家、侯爵家、神官、の中で王家と侯爵家は抜けるだろう。
王家はそれこそ国の礎なのだから、王家が貧乏だったら国が危ないわ。
自由になるお金がどれくらいあるかは分からないが……一応王家は省く。
侯爵家はどこも金がある。

というか金の力を高く捉えているというか……。
金がなければ武器は買えない。
武器が買えなきゃ国境線なんか守れるか？
という非常に地に足の付いた考え方をしている訳だ。
そもそも大きな産業を一つではなく二つ、三つ持っている。
魔石だとか紙だとか茶だとか。
侯爵家も抜く。
残りは公爵家と神官か……。
公爵家は王家の親戚筋だし、身分は高い。
でも懐事情は分からない。
富も有れば貧もありそうだが……。
富んでいそうな公爵家は抜く。
微妙に外からでは分からないが……。
残るは神官。
神官は人によるかも知れないが、貴族ではない。
貴族の次男坊三男坊が神官になることが多いが、爵位を継ぐ者はならない。
そして給料制だ。
官吏と一緒。

ただし出所は国ではなく教会。

教会は慈善事業なので金儲け至上主義ではない。

けれど私が聖女科にいた頃の感覚では、かなりの拝金主義に見えた。

なんといっても聖魔法執行料が高い。

なんであんな高い料金なんだろうと首を捻る。

おかしいじゃないか？

寄付やらポーションで潤っているのに、聖魔法代まであんなに高く設定しては、庶民は執行を受けられない。

庶民の収入の一ヶ月分くらい振り切っていた。

あまり良い気はしなかった。

むしろ嫌だった。

教義に反する。

教会が何のために税金を免除されているかと言えば、そのお金を慰問に使っているからだ。

神官は金持ちではないはずだが。

少なくとも下級神官は普通だ。

中級神官も傍目からは普通に見える。

しかしあれだけの組織の長、つまり上級神官となればそれなりにお金はあるのだろうか？

どうなのかな……。

これから行くのは孤児院だ。

孤児院がどこの所属かと言われれば、それは孤児院による。

教会の敷地内にあれば教会直轄だろう。

侯爵領にあるものは侯爵家の所属である可能性が高い。

今から行く孤児院は——王家だろうか？

何故なら私が学生時代慰問した事がない。

慰問しているのは教会直轄だけなので、多分教会所属ではないのだ。

「……教会の関係者は、あまり裕福そうには見えませんが、どうなのでしょう？」

シリル様の質問に長々と考えた末の答えだった。

聖女とも聖魔導師とも繋ぎが取れそうで裕福ではない者。

でも——教会関係者が寄付金を襲わせるって考えられない？

そもそもなんの得があるというのだろう？

首を捻る私に、シリル様は良い答えだねと言って笑った。

良い答えなんだ……。

と云う事は、シリル様もルーシュ様も依頼主は神官系と考えているという事だろうか……。

ならば公爵家は抜ける。

そもそも公爵家の人間が、王家直轄の孤児院に寄付に行く貴族令嬢を傷つけるとは考えにくい。

王家に弓引く事になるのだから……。

いや、アクランド王国に居を構えた人間が、王家に弓引く事自体有り得ないのだが、そんな中でも公爵家は王家の外にいる者ではなく中にいる者だ。

彼らは彼らの血筋に誇りを持っているし、王家筋の者なのだから、それこそ慰問していてもおかしくない。

貴族ではなく神官と考えるといよいよ片手の数だ。

今期の聖女を例に挙げても、王族が二人、貴族が二人、神官位が一人。

灰色の瞳というのは、所謂《いわゆる》魔法素養の有る者が与えられる色ではない。

人間の瞳は一般的に緑、青、灰《アッシュ》、ヘーゼル、薄茶、濃茶となる訳だが。

この内、緑と青は風の魔術師と水の魔術師と被りそうに思えるが、よく見ると明確な違いがある。

風は黄緑で水は銀のようなブルー。

ただ……同系色なので近いは近い。

そして闇は紫で土は黒だ。

濃茶と黒も似た印象を持つが、じっくり見るとこれもまた違う。

何処まで行っても深い黒色という瞳は魔術師にしか存在しない。

絞り込みをするのであれば、薄茶、濃茶、が一番多いので、その場合は絞り難《にく》かったが、灰は茶よりは少ない。

私は聖女科なので、神官の顔はこの中で一番分かるのではないかと思う。

アッシュの瞳の色をした神官……。

思い浮かべれば、そう多くはない。

その中でも一番に思い浮かべる人物と言ったら――

ガタンと音がして、馬車が止まった。

そう言えば、御者と馬はまったく傷つけられなかったな……。

御者は従順に馬車を止めたからだろうし、馬は……無傷で欲しかったのかな……。

金目のものは全部欲しい的な事を言っていたものね？

――槍に目を突かれた御令嬢……。

痛みで毎日泣いていると言っていた。

貴族だから、もう聖女は付いているのだろうか？

私はそっと両手を組んで小さく祈る。

淡い光の聖魔法が僅かに滲む。

届きますように――

ルーシュ様の「着いたぞ」という言葉を受けて、私も焼き菓子の入ったバスケットを持ち上げる。

襲撃の後でも焼き菓子は零れることなくそのままだった。

子供達に、このほのかな甘さを伝えることが出来る。

第11話　孤児院訪問

第二聖女として慰問するのとは立場が違う所為もあるし、初めて訪れた孤児院という事もあって、物珍しく中を見ていた。

院長と名乗る年配の女性に焼き菓子を渡そうとして、それはあなたから直接子供達に渡してほしいと言われた。

その言葉だけで、私は胸が詰まりそうになった。

すり切れた灰色の修道服は何年着ているのだろう？　と思う程年季が入っている。

きっと何度も繕って繕って着られなくなるまで着続けるのだろう。

頭の天辺から爪先まで、清貧が漂っている。

私も聖女であり、そして制服を持っていたが、良い生地の高価な服だった。

もう聖女の権威の塊を対外に見せるというようなもので、真っ白で染み一つなかった。

ちなみに第Ⅲ種の方はかなり草臥《くたび》れ作業着化していたが……。

院長からは難しい問題を何度も乗り越えてきたような風格を感じる。

孤児を育て上げるという大仕事に生涯を懸けた人。

そんな風に見える。

その院長が直接対応するらしく、私達三人は小さな個室に通された。

本当に小さな個室で、四角い机が一つと簡素な椅子が人数分置いてある。

小さな窓が一つ付いており、そこから近くの森が窺えた。

便利な立地では無いが、自然の遊び場が沢山ありそうだ。

これはこれで良い孤児院なのかもしれない。

席を勧められ、私以外が着席すると、立ったままでいる私に思うところは有ったようだが、何も言わずに院長は口を開く。

「あなたが責任者でよろしいですか？」

襟章を見たのだろう。

対外的にはこの三人の中で一番の決定権を持っているのはルーシュ様だ。

内密な身分はシリル様が一番高い訳だが、そこは知らせぬ部分だろうし、この仕事を請け負っているのはルーシュ様。

「そうなる。この依頼を担当する魔法省六課のルーシュ・エースだ。何でも相談してほしい」

院長は、ルーシュ様をじーっと観察している。それはもう隠すことなく顔や階級や所作や瞳の色や髪の色など、不躾《ぶしつけ》な程あからさまに値踏みしている。

凄い、あそこまで明け透けに観察している様子を見せるなんて、なかなかいないわ。

私は変なところで感心した。

所謂身分や魔導師だからと言って阿《おもね》るタイプではないのだろう。

「失礼ですが、わたくし、物分かりが良く、些末《さまつ》な事に囚われず、物事の本質を理解し、融通が利き、身分も高く、魔法能力も高い方をお願いしたのですが」

私は視線だけではなく、言葉も明け透けな院長の言動に驚いた。

何か飲んでいたら噴き出すところだ。

この院長、魔法省長官の長男であり、エース家の次期当主であり、Sクラストップ卒業のルーシュ様に何言っているんですか？

面白すぎます。

身分も魔法能力も申し分ない方ですから！

ルーシュ様はなんと言い返すのだろう？

あまり沈黙が続くようなら、差し出がましいかもしれないが、私がハッキリ言い返した方が良いだろうか？

全てを兼ね備えた方ですよ？

安心して下さいと。

「安心してほしい。ここにいる者は、三人とも口が堅く場合に依っては融通を利かせる事も出来る身分であり、魔術素養も高く、話を理解する能力にも長《た》けている」

ルーシュ様は涼しい顔で言い切った。

しかも自分たちの事をむちゃくちゃ高く評価するような事を自信満々に淀みなく泰然《たいぜん》と。

それもそれで凄い度胸だ。

私だったら、耳を疑う言葉にしどろもどろになってしまいそうだ。

だってよくよく考えると凄く失礼な院長なんですよ？

色々な孤児院に慰問しましたが、こんな院長初めてです！

「……そうですか。エース侯爵家の方と考えてよろしいですか？」

「ああ。そう考えてくれていい」

「分家の分家のまた分家の分家の一応エースと名乗ってる方ではないですよね？」

「……ああ。分家の分家のそのまた分家の更に分家ではない。保証しよう」

「ご本人の保証って保証になりますか？」

「……………」

分家の分家の更に分家の分家って⁉

長いですよっ。

院長！

エース本家の分家の分家のそのまた分家の分家でも結構裕福なんですよ？

「ここにいる二人の魔法省官吏が保証しよう」

シリル様と私は食い気味に頷く。

ええそれはもちろん！

分家の分家の更に分家の分家ではなく、本家の次期当主ですから！

ちなみにシリル様は瞳の奥で笑いを噛み殺している。

ええ、そうなりますよね？

「部下の保証って保証になりますか？」

「……………」

おおお！

勇気ありますね？

院長様！！！

ルーシュ様は負けじとニッコリ微笑んだ。あれは怖い奴だ。

「ではどんな保証で安心するのか聞かせて貰おう」

ルーシュ様、目が笑っていませんよ？


ルーシュ様の方も良い笑顔で言い切った。

負けてない。

院長と対等にやり合っているというかむしろ余裕なのかな？

分家の分家の更に分家の分家とかわざわざ繰り返しているし。

シリル様はシリル様で噴き出す寸前みたいな感じで、笑いを堪え過ぎて震えている。

「貴方は五月蝿《うるさ》い婆さんだなと思っている事でしょう。ですが私は私なりに五月蝿い婆さんになる必要があってなっているのです。今回貴方に話す内容は話す相手を間違えてしまえば、一人の子供が不幸になる。ですから再三確認するのです。ですが確認し過ぎても相手を不愉快にさせ、差し伸

べられた手を引かせてしまうかもしれない。私は私なりの修羅場を越えているのです。あなたの所作を見れば高貴な方であると分かります。そしてその緋色の髪と瞳。魔力素養も高いのでしょう。私も若い頃は王都の聖職者を育てる学園に通っていました。魔法士の方は何度もお見掛けしました。そして少ないですが友人もいます。その友人に今回の話を通してもらいました。彼が魔法省のどの部署に配属されているかは知りません。ですが、彼が貴方たちを選んで手配してくれたのなら信用しているつもりです。だから最後の確認をしているところです。私には権力と身分がありません。欲しいと思った事もなかったのですが、それでは大切な何かを守れない事もあるのです。なので権力を持っている人に繋ぎを取りたかった。とても困った事態が起こっているからです。ところで二人の部下も紹介下さい」

ルーシュ様は院長の長い話に耳を傾けていた。

御友人とは誰なのだろう？

この二人を派遣したなら、結構上の人だと思うのだか……。

「シリル」

ルーシュ様に呼ばれ、シリル様が院長に向き直る。

自分で自己紹介をするのかな？

どうやってするのだろう？

本当の事は言えないし、でも嘘というのも言いにくい状況だけど……。

「シリル・エースです。エース家の分家の分家のそのまた分家くらいの親類です。父はエース一族の中で仕事をしていますが爵位はありません。便宜上エースと名乗っていますが正確にはシリルと名だけになります。そういう意味ではあなたの求める権力は有りませんが、一族は一族。魔法素養も持っています。魔法省六課の一官吏になりますが、一般の方よりは裕福な育ちと言えるでしょうか。あなたの力になれればと思っております」

最後以外は全部嘘??

ですよね？

たぶん全然悪気がないやつ。

というか王太子だなんて言えないのでどうしようもないというレベルだ。

しかも分家の分家のそのまた分家とは？

気に入ったんですね。その言い回し。

そうこうしている内に、私の番だ。

何と言えば？

エース家の侍女なのだが流石にそんな事を素直に言ってしまえば、相手が訝しがる。

しかも三人ともエース家縁《ゆかり》じゃ、なにかくどい気もするし。

兎に角、六課所属らしいのでそこはそれしかない。

「ロレッタ・シトリーです。魔法省六課所属の魔法士です。孤児院の味方です。ご安心下さい」

院長は私を見ながら首を捻る。

「……シトリー？　聞いたことありません」

ですよね！

「失礼ですがお父様の爵位は？」

「……父は伯爵位になります」

「……シトリー伯爵……やはりまったく聞いたことがありません。伯爵位でそこまで無名の家なのですか？」

なんと答えれば？

無名な上に貧乏でもあったりする。

しかし、そこを言えばますます不安にさせてしまいかねない。

ぶっちゃけ権力も金もない。

「彼女はセイヤーズ侯爵の姪にあたる。決して身分は低くない。頼りがいがあると思うが？」

ルーシュ様が助け船を出してくれる。

ああ……アレですか？

シトリー伯爵の娘より、自己紹介時はセイヤーズ侯爵の姪と。

そう名乗るのが賢明なんですね！

「……ローランド様の姪？」

「え？」

「……いえ」

伯父を知っていらっしゃる？

「……セイヤーズの名とその瞳の色。ロレッタさんは水魔導師だったのですね」

「そうです。少し淡めですが、水魔導師の一族なのです」

そう言って、私は手元に小さな水を召喚する。

重力に逆らって空中に浮いた球状の水というのはなかなか特別な存在なのだ。

水を顕現させ、どや～と微笑んでいると、院長は部屋の隅からバケツを取ってきた。

「ロレッタさん、ここに入れて下さい」

「?」

バケツにですか?

私は言われた通りバケツに水を移す。

「雑巾がけに使います。丁度良い量です」

「………」

あ、うん。確かに量は丁度良いですね!

「便利ですね、水魔法」

「……はい。結構便利ですね」

実は水が一番生活魔法に向いているかもしれない。

「お三方の素性は分かりました。身分と魔法素養がある事も理解しました。最後に人柄の判断をと思いましたが、まあ、ロレッタさんを見ていましたら、素直で抜けている方なのだと分かりましたのでね。そんなに悪い方ではないと判断します」

「……」

抜けているって⁉

これでも精一杯の出来る官吏仕様だったのですが……。

どの辺が抜けていたんですか？

水魔法が生活魔法だったからですか！

ちょっと傾《かし》いでいると、笑いを堪えたシリル様と目が合う。

なんだかシリル様、孤児院に来てからずっと笑いを堪えてますよね？

「では、一番大切な本題に入らせて頂きます」

院長はコホンと小さく咳払いをして、場の空気を仕切り直した。

「一年前になりますか、教会から連絡がありまして、寄付金の三割を教会に納入するようにと言われました。私は断りました。もちろん国からこの孤児院の維持費は定期的に頂いております。しかしそれは最低限の衣食住であり、やはり貴族の方や豪商の方が入れてくれる一時金はとても助かるもので、子供達の為に使っておりました。それを突如三割の天引きにするとはどういうことなのだろうか？　と思いました。なんの説明もなく一方的にそのルールは決められたのです。だから断ったのですが、断る権利はない。貰ったら報告してお金を届けるようにと言われたのです。なので寄付金があったと報告しませんでした。そうしたら寄付金が一切なくなりました。何が起こっているか分かりません。教会から何か貴族の方に圧力のようなものが行ったのか、または違う何かがあるのか。ですが三割どころか十割全てが無くなると生活は圧迫されます。本の一冊も買えなくなってしまう。甘いお菓子もこの一年食べさせておりません」

院長は焼き菓子の入ったバスケットを見て、少し寂しそうな目をした。

私は一瞬怒りで目の前が真っ赤になった。

あんのよくわからん守銭奴《しゅせんど》の依頼主が⁉

三割ってなんなんだいったい。

金がないところから毟《むし》り取るな‼

孤児院から取り上げるってどういうこと！

払う方でしょうよっ。

「それともう一つ、この孤児院にいる子供達には色々な事情があります。親から直接預けられた子。貧民街で困窮《こんきゅう》していた子。そして捨てられた子。その中に、十年前、外の森に捨てられた赤ちゃんがいたのです。その子の瞳は青かった。ですが水の魔導師の色とは違うように思いました。ですので魔導師としての報告はせずに通常の子と同じように育てていたのですが……」

「発現したと」

ルーシュ様の言葉に、院長は彼の瞳を真っ直ぐに見つめた。

「……少し特殊な状態にある子で、出来るだけあの子の大切なものを奪わない状態で引き取って頂ける、心が広く、穏やかで、子供の気持ちを理解出来、裕福で権力がある方にお預けしたい」

「成る程」

大切なものを奪わない状態で引き取ってほしい。

という事は、その大切なものとやらは、引き取りにくいものなのだろうか？

本やぬいぐるみの類いではなく……。

そう思った瞬間、凄く近くで魔法展開の気配がした。

え？　どこ？

私はキョロキョロと辺りを見回す。

そして自身の持ったバスケットに目が行く。

急いでバスケットを確認すると、小さな魔法陣が展開し、焼き菓子が二つほど消えて無くなった。

空間魔法！？！

あちらとこちらの空間を繋げて召喚させる魔法だ。

繋げる場所は異界、体内、脳内、精神世界等、魔導師が別と判断する場所ならば何処でも繋ぐ事が出来る高等魔術。

この魔術が得意な属性というのは決まっていて、紫水晶の瞳を持つと言われる闇の魔術師だ。

先程院長が話していた森で拾った子供というのは、この魔法の主に違いない。

なんといっても一年間甘いものを食べていなかったのだ。

フライング食べがしたかったのだろう。

私は小さな窓から、食い入るように外の森を見た。

あそこだ。

あそこにいる。

私が座らずに窓の横に立っていたのは、退路確保とセキュリティーの為なのだが、今は当初の目的はあちらの彼方に葬り捨てて、じっと森の入り口を凝視して当たりを付ける。

なんとなく場所を特定し駆け出した。

子供の魔術師は野放しにしておいては危ないのだ。

魔術師と分かれば誘拐される。

特に悪い者に誘拐されると、悪事に徹底的に利用される。

孤児院に行き着いた血統的に潜性遺伝を繰り返して、ポッと出た魔導師は、領主か王家か教会かとにかく大きな組織で保護しなくてはならない。

間髪を容れずに走り出した私に、

「シリル、追って」

というルーシュ様の声が追随《ついずい》した。

第12話　魔法省六課長と孤児院長

小さな部屋に残されたルーシュと院長は茶でもあったら飲みたいところだったが、生憎ともてなし的なものは全く受けていないので、テーブルには何も乗っていない。

茶も高価な物だからなとルーシュは考えていた。

今度来る時は差し入れに茶とあと子供が勉強する為の紙とか？

それに野菜の苗なんかも良いかな？　と地味に考えていた。

しかしこの院長は失礼の塊だから、もう少し信用を取り付けてから渡すかと狭量な事を考える。

「元気な部下ですね？」

「ああ、元気だけが取り柄《え》だな」

「取り柄が元気しかない部下なのですか？」

「一応言っておくが、物の例えだ。元気以外にも取り柄はいっぱい有る」

「部下への評価が高いんですね？」

「低いよりは良い上司だと自負しているが」

「それは尤《もっと》もです。どこら辺を評価しているんですか？」

「……魔力素養の高さに頼らず努力しているところ。勤勉なところ。素直なところ。権力に謙《へりくだ》らないところ。善性が高いところ」

「……それはロレッタさんの方ですね」

「……まあ、そうだな」

「シリルさんへの評価も知りたいですね」

「シリルは……、魔法能力が馬鹿高いところ、動くべき所で動ける判断力。そして頭が良く回る」

「成る程、概ね賛成です。素直な方では無さそうですからね」

院長は初めてルーシュに対して笑った。

「お茶を出さないのは、意地悪ではなく、茶葉がないのです」

「概《おおむ》ね理解している」

「久しぶりにお茶が飲みたいですね？」

「届けさせよう」

「寄付金が止まった事情は知っていますか？」

「それは解決した。再度止まったら取り返しの付かぬ馬鹿という事だ」

「寄付金の三割を納めなかった報復ですか？」

「そうなるな」

「腐りモノはどの辺りに？」

「いずれ分かるだろう」

「つまり公にすると？」

「………どういう形でかは、まだ分からないが」

院長は立ち上がり、窓辺に向かう。

小さな窓を開けると、風が少し入って来てルーシュの髪を淩《さら》った。

「……子供を育てると色々な事が起こります。困った事も沢山起こりますが、やはりそれ以上に楽しい事も起こります。私が歩んで来られたのは、あの小さな道しるべ達のお陰です。だって子供が相手だと諦めるという選択肢が存在しなくなりますからね……。解決するしかないのです。どんな手を使っても。たとえ教会の命令に逆らっても」

ルーシュも、よくこの小さな孤児院の院長が教会の命令に逆らえたなと思う。大きな組織に刃向かうのは勇気がいるだろうに。大変なストレスであり恐怖だ。この院長は良い度胸をしている。

子供を守る為なのだろう……。

美味しい茶くらい提供しないと胸くそ悪い。

「あの子を連れて行くのはいつになりますか？」

「今日、そのまま保護する。十なら一年後王立学園魔法科に上げる。後見はエース家が務めよう」

「会わずに決めていいのですか？」

「……会わずとも想像が付く。人間の性格形成は持って生まれたものが六十パーセント、環境から影響を受けたものが四十パーセント。赤ちゃんの状態で拾われたという事は、この孤児院の教育が四十パーセントと考えられる。そして空間魔法を操るのなら闇の魔術師になる。闇の魔術師が大切にしているものと言えば想像が付く。その大切なものと引き離されないよう保護先を慎重に選別しているのなら、悪い教育者ではない」

院長は目を細めてルーシュを見る。

「本当に……洞察力の高い魔法士が派遣されたのですね……」

「大切なものと引き離さない確約は他の者には頼めぬし、ここは王家の直轄地。エース家が見ないなら王家になるが、それは避けたい」

「……あなたはエース侯爵家の直系なのですね」

「初めからそう言っている」

そう言ってやると、婆さんは楽しそうに笑う。

「だってお若すぎる三人が来たのですもの。若い方って潔癖だから、教会が決めたルールを破るなんて不敬だとか、寄付金を全額取ろうなんてがめついとか色々言われそうじゃないですか？　私はがめつくて不敬で横暴でもいいんですけどね？　子供が元気なら何でもいいんですよ？　なんであんなルールが突然出来たんでしょうね？」

「それは院長よりがめつく横暴で立場が上の者が勝手に作ったからだろう」

「では、王家も各貴族も与《あずか》り知らぬ事という事でしょうか？」

「もちろん。教会でも正式な議会は通ってないだろうな」

「では立場の高い人間が、こっそり勝手に付け加えたルールなのですね？　これからも寄付金は全額頂いても大丈夫ですか？」

「もちろん」

ルーシュは用意してきた寄付金を懐から出す。

「次回からの訪問は、歓迎して貰おうか？」

寄付金を受け取った院長は、これまでで一番良い笑顔をルーシュに向ける。

めちゃくちゃ現金な婆さんだな？

ある意味ブレてない。

第13話　伝説のアレ

孤児院の小さな部屋を飛び出した私は、森に向かって駆け出す。

魔法展開の気配は森からだった。

院長が言っていたではないか、十年前に森に捨てられた子供を拾ったと。

その時は青い瞳をしていたが、普通の碧眼で魔導師だとは思わなかった。

成長と共に若干色味が濃くなる事がある。

青から紫に変化したのだろう。色変化はあり得る話だ。

青から黄色とかそういう極端な変化はないのだが、薄い水色が青とか、ローズが紅等ままある話。

教会の適性検査や魔法発現や魔法科入学と同時に気付いたりする。

この子の場合は、瞳の色変化と魔法顕現で適性に気付いたのだろう。

完全にノーマークの場所から出てきた魔導師。

魔力素養が顕性遺伝ならこんな事は起こらないのだが、潜在して遺伝していくので、親も祖父母も曾祖父母も魔導師ではない場合、誰も自分が魔力素養を半分持ってるという事実を知らない。

知らないものと知らないものが結婚した場合四分の一の確率で魔導師が生まれる。

そして親も子供が魔導師だとは思わないという結果だ。

魔導師であるのなら出生登録の時にそう付け加えねばならない。

ただ、捨てられた子というのは出生登録的なものすらしていない。

孤児院の院長がするので、出生日は予測になるし、住所は孤児院になるし、親の欄は空欄で保護者が院長だろう。

親のいない子は国が育てるという義務が発生するので、見習いとして仕事につくまで孤児院で過ごし、自立していく。しかし見習いとは十二前後だ。

一人で生きていくにはまだ小さい。

孤児の場合、住み込みの仕事になることが多い。

パン屋の見習い、御者の見習い、メイド見習いなど。

そして仕事を覚え、一人前となってゆく。

しかし魔力素養の発現した者の辿る人生は別になる。

王立学園魔法科に入学するのが義務だ。

孤児の場合は保護している者が学費を出す。

両親が健在の庶民の場合は奨学金がでる。

六年在学して卒業と同時に職に就き自立となる。

そして魔法科は適性にもよるが魔法省に入る者が多い。

国が抱える魔法集団。

宮廷魔導師。

もしくは各領での就労に就く場合もある。

それは学園から推薦される。

各領地が学園に魔導師を雇用したいと依頼する。

その枠に、本人の希望を聞きつつ推薦するシステム。

ただ、私が辿った道でも分かるように、魔法士に自由はほぼ与えられていない。

神官、聖女、魔法省、自領とほぼほぼ行き先など決まっている。

生家が魔法士の子を手放す訳はないのだから。

孤児は修学を終えれば、性格にもよるが保護者の養子もしくは貴族と婚姻を繋ぐ事が多い。

今回の場合は王領で起きたことなので、王家かもしくは闇の侯爵家、依頼を担当した担当のエース家、話を通した友人、教会が保護先の候補になる……。

教会はまず選択肢から外れる。

襲っていたものが神官関係者ならば教会に預けるなど有り得ない事だし、教会は光の魔導師が集《つど》うところ。

ルーシュ様が闇の魔導師を教会に預ける訳がない。

そして王家もないだろうと思う。

当たり前だが養子の敷居が格段に上がるし、今期の陛下の御子様の数を考えると養子の可能性は低い。

そしてここでも多少闇というのがネックになる。

王家もまた聖魔導師の一族なのだから。

エース家とセイヤーズ家が微妙な関係であるように、光と闇も大変微妙……というか仲が宜しくない。

残るは闇の侯爵家だが……。

普通に考えれば闇の侯爵家の末裔だから闇魔導師な訳で、遠い血縁者となる。

と考えれば一番順当な気もするが、そこが原因とも考えられる為、話は持っていかない気がする。

きっとルーシュ様が来た以上、エース家預かりになるのではないかな？

御友人という線はどうなのだろうか？

身分が高そうな予感がするが……しかしその御友人がルーシュ様を寄越したのならばやはりエース家が保護する可能性が高い。

保護先は、金銭に余裕のある大貴族、侯爵以上だ。

シトリー家は保護権利もない。

貧乏だし、シトリー家は当主が魔導師だが、伯爵位の必須条件ではない。

魔導師ではない伯爵は魔導師の伯爵より多い。

そんな事を考えながら一目散に駆けて行くと、藪の中から何かがもぞもぞ動く気配がして、森の奥に向かって走って行く。

子供だ。

男の子。

肩に何かいる？

ぽよんぽよんした何かが⁉

それを見て私は更に加速した。

子供の肩に何かいるっ！

ぽよんぽよんした何かが⁉

私は更に加速して子供を追う。

何故逃げる？

追うからか？

やましい事があるからか？

やましい事とは何か？

それはバスケットからお菓子を召喚したことだろう。

大した事じゃないって！

そんな必死に逃げる事じゃないって！

そう心の中で叫びながら必死に追う。

いやそんなに必死で追わなくても？

だって孤児院所属の子な訳だし。

でもなんか加速しちゃって止まらない。

「待って！　怒ってないよ！　皆に配る為に持って来たんだよ！　だから食べていいんだよ！　も

う一個あげるよ⁉」

どうだろう？　最後の言葉で落ちるでしょ？

そう確信したが一秒後に裏切られた。

一個じゃいけなかった？

あの肩のぽよんとしたアレ、アレ何？

生きてるの？　生き物なの？　ちょっと透けてない？

そして肩でぽよんぽよん。

アレって伝説のアレじゃない？

よくお伽噺《とぎばなし》というか冒険物語の挿絵というか、賢者の肩とかに乗ってるアレっ。

建国王の賢者、闇の魔術師の肩にもあんなものが乗ってない？

描かれてるよね？　絵本とかに？　素敵とかに使うんだよ？

めちゃくちゃ便利で優秀なアレ。

分裂するやつ。

夜抱いて寝ると冷たくて気持ちいいやつ。

触りたい、ぷにぷにしたい、なので待って！　と思っている側から、木の根に躓きそうになる。

ヤバい地の利がない。

道に熟知した者とそうでない者など端から結果は見えている。

しかも森って走りにくい。

手をつきそうになった既《すんで》のところで持ち直す。
危ないわ！
転びそうになった時、ぽよんぽよんが振り返った。
ヤバい！　可愛い！
間違いなく生きてるし目があるし耳もあるし尻尾もある。
あれは七賢者が連れていたのと形が違う。
賢者のはもっとシンプルに楕円。
ぽよんぽよんには目があって耳があって意志がある。
振り返るタイミングが良すぎる。
それに私は見た。
ぽよんぽよんの口に焼き菓子が加えられているのを！
二つの内、ぽよんが一つ食べたんだ。お菓子が好きなんだ！
私はぽよんにフォーカスを合わせる。
透けた体の中にお菓子の欠片が浮かんでいる。
あれはマニアをくすぐる仕様じゃないか？
別に今日までぽよんぽよんマニアではなかったのだが、今なった。
元々物語の中で七賢者というのはとてつもなく格好良く書かれているのだ。
きっと盛ってある。

しかしその盛り具合が良いのだ。
盛ってなければ普通になってしまう。
そしてあのぽよんぽよんも闇の魔術師の肩に乗っていて存在を盛ってある。
闇の魔術師の花形といえば召喚魔法。
この世と魔界を繋いで使い魔を召喚するのだ。
その使い魔の強さが闇の魔術師の強さになる。
七賢者の肩にいたのが、アレならばあれは最強の種族⁉
いや。
確か最弱の種族だったか？　何故賢者が最弱？　いや最弱の中の最強か？
キングとかロードとかそういうのかも知れない。
今、目の前にいるのはいかにも最弱？
ではないが強そうにも見えない。
魔法を打ってこないし。
打たれても困るけど。
水壁くらい用意しとく？
いやいらないし！
「待って！　焼き菓子二つあげるからっ」
一つが駄目なら二つだ。

基本だし。

言った瞬間子供が足を止めたので、私は急ブレーキが間に合わず突っ込んだ。

そしてぽよんぽよんは上空に弾け飛んだ。

ああ……——っっ。

ぽよんぽよんが……——

子供にぶつかってぽよんぽよんが上空に飛んだ後、私を追って走って来ていたシリル様もぶつかってくる。

子供と私が微妙に目を回していると、シリル様だけが「役得」と言って、二人をぎゅーっと抱きしめる。

？

今、抱きしめる必要ありましたか？

全然無い気がするのですか⁉

というか減速していたシリル様がぶつかる必要も無かったような？

わざわざ眼鏡を取って、ぶつかっていい仕様にしたんですね！

周到かっ。

そんなもみくちゃになっている三人に、黒い綿飴《わたあめ》みたいな雪が降り注ぐ。

親指の爪のサイズくらいになってしまった無数のぽよんだ。

小さくても猫のような耳と尻尾がついている。

破壊力抜群の可愛さだ。

私は胸にぽよんをぎゅっと抱くと、更に弾け飛んで雨粒くらいのサイズに。

どんどん小さくなっていく。

可愛い可愛すぎる。

これは間違いなく伝説のアレだ。

あれあれあれあれ。

「「ブラックスライム」」

シリル様と私の声が揃い、少年は目を丸くしている。

「お姉ちゃん、スライム知ってるの？」

知ってますとも！

絵本の中で！

初めて聞いた少年の声は意外に可愛い上に、言葉も綺麗だった。

孤児なのに実の親の有り様に染まっていないのだ。

赤ちゃんの時、拾われたのだものね。

あの失礼な院長がお母さん代わりなのかな？

失礼は受け継いでいないのかな？

「ブラックスライムを見たのは初めてだよ？　もしかしたらアクランド王国を隅々まで旅すれば会えるかも知れないね」

「……お姉ちゃん。やっぱりあんまり知らないんじゃない？　これ魔界の生き物だよ？」

「………」

あ、うん。

そうね魔界の生き物ね……。

お姉ちゃんのは本の中の知識ですから。

やっぱり……はっきり言う所とか院長っぽくない？

「この子は特別な子なの。僕が召喚した僕の使い魔。だけどそれだけじゃない。特別な魂が入っているの。この子は僕の魔術が生命。だから僕が死ねばこの子の魂は元の場所に帰る。僕たちは同じ命を共有しているの。分かる？」

「……分かるよ？　なんとなく分かる。召喚だけではなく君の魔力が注がれた存在なんでしょう？」

「……それは僕の言ったことのまんまだね」

「………」

まんまでオッケーでしょうよ？

理解しましたイエスサーというやり取りの場面だし。

この子、チビ院長に見えてきました。

教育が行き届いている事で……。

「命の共有物。僕が死んだら使い魔も死ぬけど、僕が死なない限り使い魔も死なない。ダメージを受けるだけ。それは僕が未熟だからなんだよ？　まだ闇魔法を全然知らないから。お姉ちゃんは闇

「魔法素人でしょ？」

「……うん。闇魔法は素人。だけど水魔法は玄人。君と同じ魔法士だからね。相談には乗れるよ？」

「違うでしょ？　白の魔術師の玄人で蒼の魔術師のひよこでしょ？」

「……分かるんだ？」

「分かるよ。闇はそういうの分かる属性なんだから。嘘とか嘘とか通用しないよ？」

「嘘じゃないよ？　光と闇は反属性だから、君を怖がらせないように水と言ったんだよ？　でも君にはそういうのは良くないと分かったから、次からどストレート直球で行くね！」

「……そうして」

そうこうしている内に、ぽよんが全て集まり、元の大きさのぽよんになった。

「ぽよん君、元の大きさに戻ったね」

「ぽよんじゃないよ。クロマルだよ」

「クロマル君？」

「そう。黒くて丸くてふわふわで、賢くて優しくて、誰よりも温かい存在」

誰よりも温かい存在か……。

その一言で、どれほど大切な心の一部なのか分かる。

つまり院長はクロマルを一緒に保護してくれる人を探していた。

あの院長はどこまでも常識に縛られない人だ。

普通は保護が決まれば森に捨てて来いとか言いかねない。

それはしてはいけない事だと理解している証拠だ。

だから色々考えあぐねて、伝《つて》を使ったのだろう。

伝を使わなかったら、きっと魔物は魔物と扱われてしまう。

ホントは友達なんだよね？

魔物だから王家と教会はやっぱり難しい。

エース家一択かな？

ルーシュ様という人は見かけでは分からないが、心が広い。

それは間違いない。

行き場を失っている私を助けてくれたのだから。

身分も申し分ないし、財力もある。

そして彼は間違いなく強い。

この少年を守れる力がある。

面倒事を抱える事が出来る人。

私は彼の侍女だから、そんな彼を支えたい。

少年は自分の名をアリスターだと言った。

草だらけになった三人は少しだけ打ち解けて、院長が待つ孤児院に戻る。

戻った頃には日も暮れかかり、結構森で話し込んでたのではないかと思う。

クロマルと紹介されたブラックスライムは「オ、オニャ」と鳴く。

大変珍しいスライムだと思う。

というかどことなく猫っぽいよね？

耳とか尻尾とかが。

黒くて丸くてふわふわ？　賢くて優しくて誰よりも温かい存在。

スライム自体の体温は低く冷たいので、温かいはまあそういう心の存在という意味なのだろう。

院長は玄関の扉の前で待っていた。

そしてアリスターの首にロザリオを掛けてギュッと抱き締める。

「あなたの前半生は悲しい事も辛い事も多かっただろう。親がいないのは子供の所為ではないのに、それを馬鹿にされる事もあっただろう。当たり前に貰えるものが貰えない人生だった。けれどこれからは自分次第だ。良く勉強し、魔法も鍛錬しなさい。そうすればきっと幸せの一部を手にした事に気付くはずだ。家庭は二種類あるが、自分で選び取った家庭を大切にし、後生は幸せに生きるのです。クロマルがあなたの人生の側に必ずいてくれる。それだけで、アリスターは恵まれている。あなたは幸せになれる子だ。魔力素養を持って生まれた事を誇りに思いなさい」

そう言って、院長は彼の頬に頬を寄せた。

私は唐突な流れに驚きながらも、ああ今日保護するのだな……お別れなんだと思いつつ院長の話を聞いていた。

十年か……。

この子は実の親からはまるで無かったように扱われたけれど、ここでこの人に愛情を注がれて育ったのだ。

それは最高ではないが最低でもなさそうだ。

「さあ、自分の荷物を纏めたら、クロマルに出会った藪に行って最後の挨拶をしましょう」

そう言って、私たちは何故か院長、副院長を始め孤児院のメンバー総出で森の藪に入り、そこにミモザの花を添えて、手を合わせて祈る。

ここはクロマルと出会った場所と言っていたから、そういう場所なのだろう。

場を覆うような黄色が一面に広がる。


大勢の子ども達に見送られて馬車の前まで来ると、私は慌てて一人一人に焼き菓子を配って、そして院長先生にポーションを渡す。

みんなで使って下さいと。そう伝えた。

院長は今までで一番の笑顔を返してくれた。

ポーションが素で嬉しいんですね！

分かります！

私達四人と一匹が馬車に乗り込む。

別れの時はなんだってこんなに寂しいのだろう。

そしてそういう時はいつも必ず花が咲いていていて、黄色いミモザの花が降るように見送ってくれるのだ。

馬車が動き出すと猫が鳴く。

クロマルが森に向かって鳴き続けている。

そんな姿を見ていたら、私も胸いっぱいに悲しくなって、ぐしゅぐしゅと涙ぐむ。

クロマルは賢い子なのだ。

きっと別れがたい何かに鳴いている。

ミモザの花が咲くあの森に何か大切なものを残して行くのだ。

私はアリスターよりもおいおい泣いてしまい、なんで私がアリスターを差し置いてこんなに泣くのだろうと、不思議な気持ちになり、そうは言っても泣けるので、馬車の中はなんだかしめっぽい空気のまま、微妙に沈黙しながら進んで行った。

第14話　可愛い君

馬車の中でロレッタがずっと泣いていた。

ロレッタに少し打ち解けたアリスターと呼ばれる少年もブラックスライムを抱きながら、目に涙を溜めていた。

普段は感情をあまり表にしない女の子と、子供がしくしくしくしく泣いていると、ああ全部纏めて抱きしめて慰めるっ。

という気持ちになるのだが、そうは言っても微妙にそうできる立場にもない訳で……。

彼女と同じ空間にいて、彼女を見ていると、その仕草から目が離せなくなり、ついつい追ってしまう。

それはもう学生の時からで、そんな風に自分が出来ているとしか思えなかった。

今期の聖女の中でナンバーワンの第二聖女。

ナンバーワンなのに第二聖女とはおかしな話だ。

当然正すべき等級。

ただ、出来れば傷が少ない方が良い。

王家の傷も聖女達の傷も。

第三第四は弟だから良いとして、第五は第四に繰り上げるか？

もしくは第一聖女を空欄にするか？

空欄の方が不正が不正として目に付きやすい。

第二聖女は……伯爵令嬢とは思えない程素朴な子で。

あの聖力だから疑問に思わなかった訳はないと思うのだが、第一聖女を追い落とそうなどと考えた事もないに違いない。

運命か必然か偶然か。

ロレッタが第一聖女であったなら、話はこんなにややこしくはならなかった。

婚約破棄、通称『真実の愛』事件として第二王子が王籍を離れた事は大きく庶民に浸透しているが、やがて人々は気付くだろう。

第二聖女は今度は誰と婚約するのだろう？　と。

貴族は当然水面下で動いているし、セイヤーズ侯爵も動いた。

ロレッタは正式に侯爵家養女になる事が王家に受理された。

セイヤーズ侯爵令嬢だ。

意に染まぬ結婚を強要されるような立場では無くなったが、教会の不正を解決した暁には必ず出るだろう案件。

王子達と聖女の婚約見直し。

陛下からすれば必ず第二聖女を王家に迎え入れる方法を考えてくる。

その時点で婚約者がいないのは第四王子、第五王子、そして王太子の自分——


孤児院から帰宅すると、妃が夫の渡りを待っているという。

いや、今日はそういう気分ではないのだが。

それを従者に言うと、ではそういう気分にはいつなるのですか？　と。

永遠にならないな？　と思いながら頷いた。

今日の孤児院訪問で粗方《あらかた》証拠は揃った。

公にすれば妃は妃でいられなくなる。

どういう処置にするか？

穏便に上級神官にでも下賜《かし》するか……。

未練も憐憫《れんびん》も何もない。

元々教会育ちなのだから、元の居場所に帰るだけだ。

第一聖女とは聖力が一番強いから第一聖女と指定される。

何故彼女が第一聖女になったのかと考えれば、当然聖女等級審査の不正。

この不正は王家並びに国民を欺いた事になるのだから、罪は重い。

ただ、第一聖女の意志のみでどうこうして第一聖女になれる訳ではない。

つまり彼女を第一聖女に推した大人がいる訳だ。

もちろん神官長だと考えられる。

神官長が何のためにそんな事をしたかというと、次期王妃の後ろ盾になる為な訳だが……。

そこまでして王妃の権力が欲しい？　何の為に？

教会のような大きな組織と事を構える時は、事前に外堀を埋める必要がある。

六大侯爵家、公爵家、貴族はもちろん味方につけなければ動けないのだが、教会の最大の力は国民だ。

国民の世論を変えてからでないと動けない。

そして組織から個を引き離さなくてはならない。

その為には個に協力した立場の者は深追いしない。

神官長と教会を切り離す一番効率の良い方法は、次官と上級神官を抱き込む事なのだが……これが神に仕えるものなので、融通が利きにくい。
思考しつつも、従者の用意したローズ色のポーションに口を付ける。
このポーションは脳の正常な思考を阻害する程の甘さで、苦手だった。
所謂中和剤だ。
正攻法で何処まで追い詰められるか……。
そんな事を考えながら、王太子妃のいる宮へ向かう。
結構遠い。
本来は同じ宮住まいにしても良いのだが、物理的な距離は精神的な距離にも影響する。
つまりは危険回避の為の距離感なのだが……。
耳の奥に第二聖女の泣き声が響く。
君の声が聞こえる。
別れが悲しいと泣いている。
ミモザの花が、降るようで悲しい。
スライムの鳴き声が切ないと言って泣く。
ずっと変わらない君。
アイスブルーの瞳に隠された、仄かに甘い心。
ふとシリルは自分の両手のひらを見る。
どうか――

自分の欲望が溢れ出ぬように。

体の奥深くに沈めて、決して表に出て来ぬよう。

何度巡り会っても、僕は君に、君は彼に。

運命の轍は永久不変に繋がり続ける——

今夜はきっと君の泣き声が、耳から離れない。

第15話　第一聖女

第一聖女であり、王太子妃でもあるクローイ・ミルハンは王宮の一室で自らの夫であるシルヴェスター・エル・アクランドを待っていた。

王太子付きの従者にお願いしておけば三回に一回は足を運んで下さる。

クローイは自らの美貌に自信があった。

誰にも負けない。

第二聖女や第五聖女など相手にもならない。

腰まで伸びたブロンドの髪に、透き通る蒼い瞳。

ブロンドは薬をつけてそういう色にしている。

本来は栗色だ。

しかし王太子妃は華やかな容姿でなければならない。

布などを白くする薬剤を髪につけて、栗色からブロンドに変えている。

瞳は碧眼だが、碧眼という色は魔導師であるか魔導師ではないか見分けにくい色だ。

碧眼と翠眼と黒に近いダークブラウンが見分けにくいと言われている。

碧眼は水の魔導師と見分けにくい色なのだが、聖女としても無しではない。

実際第二聖女も蒼系統の色をしているし、水の魔導師と光の魔導師は古来より性質が混ざり合いやすいと言われている。

建国の王が愛したと言われる初代国王妃の瞳も淡いブルーだ。

スタイルも均整が取れており、聖女の中では一番男を魅了するであろう体つきをしていた。

故に王太子殿下も私に夢中だと思いたい。

いつでも彼の言動は穏やかで優しいし、あの黄色い瞳で微笑みかけてくれる。

私は何が何でも彼の婚約者になりたかった。

いえ、なるべき人間だ。

いずれアクランド王国の頂点に立つ王子。

彼を初めて見たのはまだ幼少の頃、父と共に来た王宮でまるで光のような御子様に会ったのだ。

目が離せなかった。

雷の魔術を顕現させた王家が待ち望んだ王子。

髪の色も瞳の色も唯一無二の魔導師としか思えない高貴な色を持っており、顔は大層整っていて、切れ長の目元は涼やかだった。

「こんにちは」

思い切ってそう声を掛けたら、少し微笑んで挨拶を返してくれた。

今思うと私は不敬な子供だったのだが、彼はそれを咎めることは無かった。

それからだ。

それから。

聖魔法が発現していない私が、聖魔法使いになる為の訓練が開始されたのは。

私の出自は祖母が第九聖女。

無し寄りの有りだ。

きっと父の中に魔法素養が半分、そして母の中に偶然にも半分あったに違いない。

両親が共に魔導師ではなくとも、子は魔導師になれるのだ。

私は人工魔導師だけど、自分の事を聖魔導師だと思い込んでいる。

しかし人工聖女とは金が掛かる。

一度慰問に行けば、庶民の十年分の稼ぎが吹っ飛ぶくらいの額が飛んでいく。

ポーションは買っても買っても追いつかない。作っても作っても足りないのだ。

第二聖女の聖魔法よりも効き目の高いポーションを使わなければならない。

そうで無ければあやしまれるから。

第二聖女より聖力が上の聖女の作ったポーションといえば、今上王妃陛下の作ったポーション、もしくは光の侯爵家当主が作ったポーション等、つまり銘入りの高額ポーションになる。

これが馬鹿みたいに高い。

高いが患者はポーションで治ろうが聖魔法で治ろうが治ればどちらでも良い筈。

買いまくって使いまくった。

慰問の度に侍女に持たせ、上手く発動させるのだ。

その道ではプロだ。

本当は教会所属の聖女に作らせれば只なのだが……、聖女等級審査により聖力の高い聖魔導師は王家や公爵家が所持している。

自分は王太子妃で身なりにもお金が掛かるし、侍女や侍従にもお金が掛かる。

王家から出るのは王家が用意した使用人のみ。

人工魔導師の維持に王家の使用人は使えない。

髪を染めたりポーションを用意するのは我が家の使用人でないといけないのは当たり前。

実家の財力が如実に出る。

お金はいくらあっても足りなかった。

やがて侍女が王太子殿下の来訪を告げた。服も髪も肌も完璧だ。

クローイは優雅に立ち上がって王太子殿下を迎える。

「やあ、これを君に」

「ありがとうございます、殿下」

彼は品の良いローズ色の薔薇を小さなブーケにして持って来てくれた。

可愛い色だと思う。

けれどきっとこれは側近が用意したもの。

彼はそれを渡しただけ。

でも王太子などとそういうものではないかと思う。

自らプレゼントを選ぶなど、そうない事だろう。

侍女に花瓶に移すように言ってから、テーブルに用意してあった紅茶を勧める。

勧めるが彼はあまり飲まない。

実は毎回少量の媚薬ポーションが入っていて、これも恐ろしい額というか、表市場には出ない為、裏取引になる。

「君の所で飲む紅茶はいつも飛び切り甘いね」

「ええ。体の中から殿下には温まってほしいのです」

そう言って極上の笑顔を向ける。

この笑顔で何人もの神官や大人を魅了してきた。

自分自身が放つ容姿の魅力、ポーションの力、品の良い所作、そして第一聖女という全ての人間が畏敬を持って接する高位の身分。

聖魔導師の頂点。

「今日は殿下のお耳に入れたいお話がありまして」

「そうなの？　どんな話かな？」

「実は……大変言いにくい内容なのです」

「そう。言いにくいなら言わなくていいよ？」

「……」

王太子殿下は優雅に微笑んだ。

いや、わざわざお来し頂いたのに言わない選択肢などない。

言って彼の精神にダメージを与えたいのだから。

「とても言いにくい事なのですが、市井ではこんな噂があるのです。王太子殿下は女性に興味が無い、そういう好みの方だと」

「……へー。そうなんだ。色々な考え方があるね？」

「殿下、私は口惜しいのです。ぜひぜひ二人でこんな根も葉もない噂は駆逐《くちく》してしまいましょう」

「噂は噂だし……」

「私は子供が大好きで五人でも六人でも欲しいのです」

「そう。僕も子供は好きだけどね。孤児院にも行きたいな？　どうだろう来週の空いた時にでも、城下の孤児院に行ってみないかい？　二人で」

「孤児院ですか？」

「そう。子供が好きなのなら、異論はないと思うけど？」

「でも、城下なら教会が慰問に行っておりますし」

「けど第一聖女の聖力は桁違いだからね？　それに僕らが仲良く外出すれば、そんな噂も無くなるのではないかな？」

「そうでしょうか？」

「そうだよ。王族だもの噂なんていくらでもあるものだよ。そういう立場だからね」

「ですが、急すぎて準備が整わないと思いますわ」

「そうなの？　何の準備？」

「ドレスですわ」

「ドレスじゃなくてよい。聖女の制服でいい」

「それでは王太子殿下の隣に並ぶのに相応しくありません」

「僕はあの白い聖女のベールと修道服が好きだけど」

「あれは教会所属の服ですもの。やはり王族には相応しくありません」

「では手持ちの簡易ドレスにする？　だって孤児院に仰々しいドレスを着て行っても動きにくいだけだし」

「私、殿下とは観劇に行ったり、音楽を聴いたりしたいですわ」

「そうなの？　では孤児院訪問後に考えておこう」

「孤児院訪問は謹んで辞退させて頂きます」

「何故？　君は第一聖女なのに？」

「今は第一聖女としてのお役目よりも、王太子妃としてのお役目を全うしたく存じます」

「第一聖女は君しかいない。子など側妃でも産めるが」

「いいえ。私が殿下の子を産みたいのです」

「そう。僕は聖女の仕事を全うする妃に魅力を感じるが」

魅了のポーションはいつになったら効くのだろうか？

私は慰問など行かなくても魅力的な女だ。

行けばまた恐ろしい金額のポーション代が飛ぶ。

慰問など行きたくない。

子が生まれればそれを理由に聖女の仕事など減らせる。

王妃になれば王の隣を決して離れない。

王宮の外に慰問など事実上行かない。

「病を癒やせる力、聖魔導師の光は、尊いものだと思うが」

そう言って王太子殿下は柔らかく微笑んだ。

第16話　魅了のポーション

さっさと王太子妃の宮を後にしたシリルは、早足になって第一王子宮に戻る。

ああ気分が悪い。

口の中が甘ったるい。

溜息しか出ない。

自室ではルーシュが待っていた。

「よう、お帰り」

普通に呼び出しておいた訳だが、勝手な事にふつふつと怒りが湧く。

「君は……まったく暢気なものだね。僕が第一聖女に魅了のポーションを盛られている間、第二聖女のロレッタとアハハウフフと仲良く楽しい時間を過ごして。僕は今決めた。少なくとも週に一回はエース家の離れで過ごす。多ければ四日だ。ああ気分が悪い。あの魅了のポーションは頭の芯が痺れるほど甘いんだ。その上中和させるポーションも極甘。脳天に突き抜ける甘さだ。そもそも再三王太子に魅了のポーションを盛るとか、とっくに不敬罪だ」

「証拠は取ってあるだろうな？」

「取ってあるよ。そりゃ取ってあるだろうよ？　取り引きしている裏業者まで押さえてあるよ。ついでに髪も染めているし、聖魔法は全てポーションだ。こちらも目撃者を確保してある。教会の中で隔離されているならともかく、魔導師の前でポーション魔法とかそんな偽りが通じるかって訳だ。通じる訳ないだろ？　どういう頭してるんだ」

「そんなものだろ。魔導師でないなら、魔法の展開がどうなっているのかなんて分からない」

「はー。そうですか……」

シリルは怒りながら紅茶をガブ飲みする。

ちなみに人払い済みだ。

人払いしてなかったらおかしいという内容の会話をしている訳だし。

ルーシュには第一聖女の人となりを事前に洗いざらい全部ぶちまけた。

聞いたルーシュは酷く迷惑そうな顔をしていたが。

陛下にも言えない、王妃陛下にも言えない、言えないがむかむかしていた。

同腹の兄弟には言えるが、そうは言っても、今、二人の王子は非常に忙しい。

留年とそれにまつわる色々で。

「大分綺麗な人だけどな」

「まあ、容姿は綺麗かも知れないね？　興味ないけど」

「なんでお前はそんなに興味がないんだ」

「……別に女性に興味がない訳じゃない」

「そんなことは知ってる」

そりゃ、ルーシュだって側近だって同腹の兄弟だって僕が第二聖女推しなことは知っている。

「今日、第一聖女に言われたよ？　僕とルーシュがあまりに仲が良いから恋人なのではないかって」

ちょっと盛った。

自分だけ言われっぱなしは微妙に悔しいので、巻き込んでみた。

案の定嫌な顔をしている。

ルーシュは次期当主のくせに今現在婚約者がいない。

なんでも次期エース侯爵夫人は炎ではない属性を探しているらしい。

何代か続いて炎の魔導師と炎の魔導師が婚姻してきた系譜だから、ちょっと別魔法を入れたいのだろう。

王家だって何代も続いて聖魔導師同士の婚姻が続いているが。

これもどうなのだろう？

「……迷惑な噂だな？　もう泊まりに来るな」

「迷惑ついでに毎日行くよ。明日辺り……」

「用がないなら来るな」

「用がない日は行くんだよ。分からない奴だな」

「それが泊まりに行く家の主人に言う台詞か⁉」

「良いんだよ。ルーシュ相手に失礼とか失礼とか失礼とか。今更だ」

ルーシュは机の上に置かれた媚薬中和のポーションの瓶を弄んでいたが、ふいに指で残りを掬《すく》って嘗《な》めた。

そして吐きそうな顔をした。

甘いと教えていたのに何故味見をする？

「甘っ。頭が腐りそうだ」

「そう言っておいただろうが？」

「何で盛られているのに気が付いたんだ」

「それは初日の話だ。結婚した当日。まあ、当然妃の部屋に行く」

「初夜だな?」

「そうそう初夜。そこで飲まされた紅茶に魔法の残滓を感じた訳だ」

「ほう?」

「当然何か盛られたと思うだろ?」

「そうだな」

「顔には出さなかったが戦慄《せんりつ》した。早々に部屋を辞して弟王子の部屋に駆け込んだら魅了のポーションではないかと……」

「……へー」

「それ以来、妃の部屋で出てくる飲み物は飲み込んでいない」

「……ほー。それで初日は弟の部屋でずっとポーションの残滓の研究をしていたと」

「そういう事だ。初夜二日目も三日目も体調が優れないと言って、弟の部屋で過ごした」

「……知りたくない事実だな。…………考えようによっては私を見てという好意が行き過ぎたとも捉えられるが……」

「冗談じゃない。ポーションは欺《あざむ》きだ。好意だからといって許されるものではない」

「……お前の精神も複雑だね」

「第二聖女推しだ。シンプルだろう?」

「それはどこまで本気なんだ？」

「どこまでも本気だ。真実可愛い」

「……一般的に見て、第一聖女の方が容姿が優れているぞ？」

「そうは思わない。第二聖女の方が可愛い。ルーシュはどっちが可愛く見えるんだ。一般的にじゃないぞ」

「……うーん。第一聖女と第二聖女……」

「第五聖女も入れていいぞ」

「……その中だと、どのみち第二聖女しか知らないからな……」

「第二聖女推しは間に合ってるから、担当は別か箱で」

「はあ⁉」

真剣な話をするつもりだったのだが、夜中まで推し担で揉めた。

第17話　聖女の扱い

シリルは王に話があって時間を取って貰っていた。

宰相も同席しているが聞くに徹している。

陛下は息子と宰相しかいないからか、苛立ちを露わにしている。

「第五聖女は我が叔父ぎみの孫。第三王子の婚約者だぞ」

「……心得ております」

「して、段取りは？」

「揃えてほしい者がおります。魔法省長官、神官長、神官次官、上級神官、宰相、第一聖女、並びに今期聖女。魔法省官吏を四人、うち一人は腕の良い闇の魔導師、書記官。陛下の名の下にお願い致したく」

「……良かろう。揃わぬ者には次官を出席させる。それで良いな？」

「はい」

「して、そちの心づもりは？」

「………第一聖女は修道院へ。神官長には全ての責任を取らせるつもりでおります」

「その暁には、聖女等級を改め、第二聖女を妃にするように」

「…………」

「不服か？　王太子の妃は強い聖魔導師であらねばならぬ。それは決定事項。そして第一聖女が王太子に嫁ぐのが慣わし。言わずとも分かっておるだろう？　お前は第二聖女を高く評価しておる。ならば、何の問題もない。二人して次代を築けば良い」

「……第一聖女を修道院預かりにしたばかりで、直ぐに妃を娶るのは国民感情が、難しいのではと考えます」

「直ぐにとは言わぬ。来期、一年後だ」

「……」

「……お前は、不服なのかと聞いておる」

「……不服と言いますか、第二聖女の聖魔法を最大限に生かすには、彼女がある程度納得している必要があるのです。もちろん王家が伯爵家に納得して貰う等と下手《したて》に出るつもりは毛頭ありませんよ？　最終的には王家の為です。ただ、第二王子の件もありましたからね？　第二聖女は王家に上がる事に躊躇いがあると言いますか」

「言い訳を並べ立てるでない。第二王子とのいざこざで失った信用は、王太子であるお前が取り戻せば良いし、出来る力がある。それでもそんなつまらぬ事をぶつくさぶつくさ申し立てるのであれば、意が違うという事だ。真意を申してみよ」

「……真意は、第二聖女を王家に入れるよりは、セイヤーズ家と協力して協調していきたいみたいな？」

王の額に青筋が浮かぶ。

「何を意味の分からぬ温い事を言っておるのだ？　お前の頭は大丈夫か？」

「いたって正常ですよ？　父陛下」

王の額に青筋が二本浮かぶ。

「セイヤーズと協調というが、臣下と聖女を共有していったい何がしたいのだ？」

「例えば隣国が攻めてくる、セイヤーズが応戦しなければ、王都まで素通りになり城で迎え撃つ。我ら王家の安寧は六芒星の守りの府がある事が大前提なのです。六大侯爵家は建国からの王の盾。

盾を綺麗に磨いて維持するのは我らの務め。聖女一人くらい取りこぼしても良いではないですか？

実際聖女の囲い込みに対して不信感が募っておりますし
「それがお前の本音か？」

「まあ、本音の一部です」

「粛々と従ってきたお前にしては珍しいな」

「そうですね」

「王太子の考えは理解したが、最終的に決めるのは王であることも承知しているな？」

「承知しております。どうか賢明なご判断を。我が父君」

父陛下の額に三本目の筋が見えた気がしたが、見なかったことにしてさらりと流す。

別に公式の場ではないし、父はそれ程心の狭い王ではない。

ただ、自分の息子の将来と国の未来を案じているだけだ。

雷の魔導師である王太子にどうしても最強の聖魔導師を娶らせたい。

そう本気で思っているのが伝わってくる。

王ではあるが親でもある。

子を思う親心。

第18話　家庭教師

孤児院から帰宅したロレッタはというと新しく侍女兼アリスターの家庭教師という職を任命された。

これは出世？　だろうか？

家庭教師というのは上級使用人と呼ばれている。……いや、しかし侍女も上級使用人だ。

あまり変わらない？　どころか侍女の方が若干上？

侍女の一環として家庭教師も任されたのかも知れない。

魔導師だし、属性は違うが魔法基礎の座学なら行ける。

来年の王立学園魔法科への入学準備だ。

私は張り切っていた。何故なら座学が得意。

しっかり準備をして、来年から楽しい学生生活を送ってほしい。

孤児院長から受け取ったバトンなのだから、私がしっかりアリスターを導くのだ。

私の弟も今年十歳になる。丁度良い年頃なのでアリスターに紹介しよう。

彼もそろそろ王都に呼び出して入学準備に入っても良いかも知れない。

どこに呼び出す？

言わずもがなシトリー家のタウンハウスは賃貸中……。大切な収入源。

やはり寮だろうか？

寮は入学一週間前に入室可能。

つまりまだまだ。

セイヤーズ家の伯父様に確認を取った方が良いだろうか？

伯父様のところに父と母もいる。

王都観光後、セイヤーズのタウンハウスに転がり込んだのだ。

あああぁぁ……。

お父様、あなたは少年ですか？

父は当たり前のように、セイヤーズ家に入って行ったらしい。

追い返されないところを見ると、伯父様も対応に慣れている？

父との関係は私より伯父様の方が長いのだ。

伯父様には沢山ご迷惑を掛けていそうなので、それも含めて相談に行こう。

そして水魔法も教えて頂きたいのだ。

先ずはお手紙を書くところから……。明日辺り？　もしくは明後日。早めの方が良い。

孤児院長も伯父様の名を出していたから、その部分も気になるし。

アリスターはというと、部屋を一つ貰い、その片付けとクロマルの散歩なるものを念入りにしていた。

敷地内からは出ないでねと言ってあるが、エース家はタウンハウスと言っても割合に広い。

カントリーハウスは城だし。

スライムは分からないが猫には十分な広さがあると思う。

庭とか花壇とか裏手とか隈なく調べたいらしい。

私が一緒に行こうかというと、いやいや二人の方が良いし、そういう儀式だしと言われてしまった。

儀式？　なんですね？　それなら仕方ありません。

見守ります。

スライムには秘密の場所が必要なのかも知れません。

アリスターに断ってクロマルを撫でさせて貰ったのだが、これが言葉にならない程の気持ちよさで、つるつるぷるんぷるん。

何時間でも触っていられる。

その上、耳の間を撫でると「オニャ、ニャー」と鳴くのだ。

可愛い、可愛すぎる。もうくださいというレベルだ。

魔物と言っても主従契約がしっかりしているスライムだから、なんとも従順で安心感。

闇の魔導師スゴ。

私は闇の魔導師の友達がいない。

いや別に聖女科にも友達はいない。聖女科にいるのは先輩と後輩のみ。

第一聖女のお姉様はほぼほぼ接点のない先輩だったし、第三第四聖女は王子だったし、第五聖女はあまり熱心に畑仕事はしていなかった。

……いや誰も熱心にはしていなかったが……。

第五聖女は高等部二年。

双子王子の一つ上だ。

王子達は中等部三年をもう一周だ。

留年により学年は二つ開いた。

第五聖女の休学申請は受理されたので、どれくらい休むかは分からないが、三年に上がるのは難しいのではないかと思う。

つまり、彼女も原級に留まりそう。

ちなみに初等教育は王立学園ではなく、領地の領立学園か私塾か教会か家庭教師の四択が一般的。

しかしながら貴族はほぼ家庭教師で、下級貴族と裕福な一部の庶民が学校かな？　という状況。

ちなみに私は貧乏貴族で家庭教師でも学校でもなかった。

そもそもシトリー伯爵領に学校はない。

領立があるのは侯爵領だけだ。

私は親教師という奴で、母親と父親が一日一時間くらい教える。

短い……。

そういうなんちゃって家学である。

なんちゃってでも取り敢えず読み書き計算は出来るようになる。

それとやっぱり両親ともに魔導師だから、魔法は教わった。

ほとんど遊び感覚で、なんとも放置感覚が凄かったが……。

そんな事を考えていると、第三王子がお忍びで私に会いに来たと副執事に告げられた。

え？？？

第三王子？？？

わざわざエース家まで訪ねてきた……。

お忍びで？

第三王子というのは第三聖女の事で、同じ聖女科コースの後輩だから、王子という身分であってもそれなりに仲が良いというか、可愛い弟というか、ちょっと生意気な年下という感じなのだが……王立学園の入学準備と称して入学前から聖女科に出入りしていたので付き合いの長さでいうと五年目だろうか？　結構長い。

そう言えば卒業パーティーには参加していなかったな？

何で出ていなかったのだろう？

出席してくれても良いじゃないか？

付き合いの長い聖女科の先輩が卒業するのだ。

彼ら双子王子がいてくれたなら、寂しくはなかったのにな……と思う。

第三王子の名はカティス・エル・アクランド。

何故？　双子王子の一方だけが訪ねてきたのだろう？

そう思いながら離れの応接間に向かった。

応接間に入ると彼は真剣な面持ちで立ち尽くしていた。

いや……座って待っていよう？　王子だよ？

学園では先輩という立場だったが今は侍女。

どう声を掛けようか迷ったが、一応侍女寄りで対応する。

「カティス殿下、いかがなさいましたか？」

一応敬称を付ける。

ちなみに聖女等級というのは結構絶対的なところがあり、学園内では弟扱いを義務づけられる。

つまり呼び捨てだった。

「第二聖女のお姉様。カティスとお呼びください。お姉様に敬称など付けられたら居心地が悪くなります」

あ、うん。そうなのね？

確かに大いに違和感があって空気が凍った感じがしたわね？

じゃあ失礼してプライベートではこれまで通り、もしくは第三聖魔導師と呼ぶ？

「……で、どうしたの？」

彼は今期、十四歳で幼さを残した少年のような青年のようなその中間の容貌をしている。

やや灰味のアッシュグリーンの瞳とプラチナブロンドの髪をし、双子だから第四王子と似た容姿をしている。

髪の色は金が混ざったプラチナだ。

聖女科の薬草が枯れてしまったのだろうか？

大いにあり得る話だ。

でも枯れるのを黙って見ているわけにもいかない。

だって次期のポーションの生産量にダイレクトに関わってくるのだから。

しかし雑草のような自然栽培なので全部枯れるというのもどうなのだろう？

ホントに何の用？

「急ぐようで申し訳ないのですが、僕と一緒に来てください。馬車はそのまま待たせてあります」

「え？　本当に急だね」

「そうです凄く急いでいるのです」

「なんで？」

「容態が急変したからです」

「容態？」

私はまともな説明を受けぬまま、エース家の副執事に取り急ぎ事情を伝え、王家の馬車に詰め込まれた。

ルーシュ様とは火急時の対応は事前に話し合ってある。

私が座ったか座らないかの段階で馬車は出発した。

危ないわっ。

つんのめるところだし。

まあ、聖女の急な呼び出しあるあるだ。

なんせ聖女なのだから、授業中とかでもガンガン呼び出される。

病気の急変なんかもそうだし、怪我もそうだ。

特に怪我は突然やってくる。健康な人を突然襲う突発的事故。

説明なんか二の次で、担ぎ出されるように連れて行かれることもしばしば。

今はそういう状況に違いない。

案の上、第三王子は一人でブツブツと言っている。

「やっぱり馬で来るべきだった。でもあまりにも第二聖女のお姉様の乗馬が信用ならなかったから。いや、僕と相乗りすれば良かっただろうか？　一人乗りの方が馬のスピードは速いのだが、馬車よりは二人乗りの方が速かった。判断ミスだろうか？　でも第二聖女のお姉様ときたら、あんまりこう運動神経が良いともいえない身のこなしで落馬の危険があった。きっとこれが最善の判断だった。そう思うしかない」

しかし、第三王子というのも本人を目の前に結構失礼な独り言を言うわよね？

今、身のこなしが鈍くさいって言わなかった？

言ったよね？

第二聖女の運動能力信用ならないとかさ。

何故胸の内で言わずに声に出すかな？

どういうことなのかな？　ホントにもう。

私は私で口元でぶつぶつ呟きながら、でも舌を噛まぬように、独り言に対して独り言で返す。

そうこうして着いたのは公爵家だ。

ああ、王家の親族か。あるあるだ。

そりゃそうか。なんせ第三王子が使いで来たのだ。

やんごとなき身分のお方に違いない。

馬車が止まると同時に外に連れ出される。

いや、ステップ。

階段のステップ付けてくださいっ！

つい最近の記憶を鮮明に思い出しそうになったところ、既《すんで》の所で第三王子のエスコートを受ける。

ああ、危ない危ない。

また足首を捻るところだったわ。

さて病気というのは公爵様でしょうか？

そんな事を考えながら、小走りに館に入る。

ええ。貴族令嬢としては有るまじきことなのですが、聖女あるあるです。

第19話　瞳の行方

容態が急変したと聞いたから、何となく先代の大公爵様辺りかしら？　と思っていたのだが、通されたのは御令嬢の部屋だった。

寝室の天蓋からは美しいレースが掛かっていた。

この大きさのレースって、いったいいくらするのだろう？

眩しすぎて見ていられない。

そんな事を思いながらベッドに横になっている令嬢を見た時、息が止まるかと思った。

第五聖女⁉

容態の悪化って第五聖女だったの！？！

私は息を詰めて彼女を見遣る。

白い包帯が両目に巻かれているが、真新しいものの筈なのに微かに膿が見える。

感染症を起こしていて傷が治らなくなっているのだ。

しかも両目。

何故⁉

何故どうして感染症を起こす前に呼んでくれなかった！？！

傷を負った際には直後の応急処置が一番大切なのだ。

細菌が入り込むのを止めなければならないし、炎症も早期の段階で止めなければどんどん広がっていく。

人の体は生きている。

生きているから必死でその状況を改善しようと働く。

だから骨折などもあまり放置期間が長いと骨が盛り上がってしまい元の状態には接《つ》げない事になる。

元の状態に接げないという事は、元の状態のように動かない事を意味する。

つまり後遺症が残ってしまうのだ。

第五聖女は妹聖女だ。

どうしてもっと早く呼んでくれなかったの？

私は控えるように立っていた第三王子もとい第三位聖魔導師に鋭い視線を送った。

彼はその視線を受けた後、直ぐにそらした。

「フレデリカが、第二聖女のお姉様には伝えないでほしい。これは聖女としての修行をサボった私に与えられた罰なのだから、私はそれを甘んじて受けると主張して……」

私は茫然となって聞いていた。

そんな――

そんな病人の世迷い言を信じたというのだろうか？

本人の意志というのはもちろん尊重されるべきだ。

しかし時と場合による。

これは本人の意志を無視してでも行動しなければいけない種類のものだ。

嫌がっても押さえつけてでも治療しなきゃいけないものなのだ。

聖女とて死人は生き返らせることは不可能。

同じ事が細胞にも言える。

死んだ細胞を蘇らせる事は出来ないのだ。

だからその機能が死ぬ前に処置をしなければならない。

私は第五聖女であるフレデリカの手にそっと手を重ねた。

高熱。細菌を殺す為に体が熱を限界まで上げているのだ。

細菌が死ぬか、自分が死ぬか。そういう体の戦い。

ここで熱を下げると熱によって押さえていた細菌が爆発増殖する。

しかしこれ以上高熱が続けば体が持たない。

私は魔法展開を始める。虹色の光が魔法式を紡ぎながら顕現してゆく。

聖魔法で細菌を押さえながら少しだけ熱を下げる。

細菌は聖魔法を嫌う。

第五聖女の聖魔法は多分、怪我の直後だけ刹那発動して今はもう聖力を使う事も出来ない状態なのだろう。

明滅を繰り返しながらフレデリカの体に光を降らせる。

「……フレデリカ、よく頑張ったわね。どんなに痛かったか……」

「…………第二……聖女の……お姉様……？　どう……して………？」

フレデリカは掠れた声で呟く。

「神のお導きよ？　聖女の光は神の意志。意志は絶対なの」

「……で……も………」

「フレデリカの意志はもう神に伝わった。神がお許しになった。体の力を抜いて、心を静かに委ねなければいけないわ」

私は第五聖女のフレデリカに有無を言わせなかった。

聖女の光を受け入れない事の方が不敬だと再三伝える。

普段はこんなしゃべり方をしないのだが、もう慰問に行く時の第二聖女の振る舞い全開にした。

反抗も反駁も許さない。

「………お姉様、痛みがスーと引いていきました。ずっと熱く脈打っていた目元が涼しくなりました。とても気持ちが良いです。聖魔法の光が目に染み込んで行きます」

「そう。良かったわ……」

フレデリカの手が小さな力で私の手をそっと握り返した。

「……お姉様……私は何も知りませんでした。痛みがこんなに苦しい……なんて。大きな病気も怪我もした事がなかったのです……。痛みが心を弱らせるのですね……」

「そうね……、フレデリカの傷が癒えたら一番に痛みの取り方を教えましょうね」

「本当ですか？」

「本当よ？　一から丁寧に教えてあげる」

「約束ね、お姉様」

「……ええ、必ずね」

そう言って私たちは小指を絡めた。

絡めながら、私は心で泣いていた。

彼女の瞳の行方。

光が戻る確率はかなり低い。

目の細胞の大半が死んでしまっているのだ。

左目は駄目かも知れない。

せめて右目だけでも。

元々は左目に受けた傷の炎症が右目に移ったのだ。

右目だけでも持ち直せるだろうか？

瞳の奥が熱くなる。

どうか——

もう一度。

私は聖女として一貫して明るく振る舞い、治療を終えて部屋を出た。

が、出た瞬間目頭が熱くなる。

せめてもう少し早く言ってくれたなら……。

時は巻き戻らないが、悔しさは拭えない。

自制心で我慢はしていたが、第三王子には言っておくべき事がある。

彼は私の後から付いて来ていた。

第五聖女の部屋に声が届かない距離まで来て、振り返り彼を視線で射貫く。

第三王子を睨むなんて、不敬罪で死ぬ。

でも気にしていられない。

私は第二聖女で彼は第三聖魔導師なのだ。

等級など持ち出したくはないが、言うべきことは言わねばならない。

「第三位聖魔導師。聖魔法は聖女のものにあらず。神が委ねたもうたもの」

「……はい」

「聖魔法は神の光であり神の意志。分かっている？　つまり患者の意志よりも神の意志を優先させろという事。自分の手に余ると判断したら、上級の聖女に委ねる義務がある。今回はその義務を怠った。次回はないので心して」

今度やったら許さないという事だ。

第三王子をエース家の侍女が許さないというのもおかしな立場なのだが、聖女等級は絶対だ。

聖魔導師としての力の上下なのであくまで聖魔導師としては彼は私の下になる。

そして一級しか違わないが、彼との間にある力の差は大きいと認識している。

第三王子は決して悪い子ではない。

甘い子なのだ。

王子という立場なのだが、王太子のような厳しい教育は受けていない。

なんとなく聖魔法を学び、何となく第三聖魔導師をしているという価値観。

まだ子供だからとも思えなくも無いのだが、今回の判断は最悪だ。

どうして公爵様も動いてくれなかったのだろう。

自身も聖魔導師の筈だが、等級付ではない。

第三王子は粛々と聞いていた。

というか私は一時間程度お説教を出来る程憤《いきどお》っているのだが、そうは言っても早々にオリジナルポーションを作らなければならない。

第三王子を助手にして、完成したら第五聖女の元へ届けさせなくては。

私は王家の馬車で先に帰ってエース家で準備を整えるから、第三王子は公爵家の馬車で学園に行き、聖女科から必要な薬草を持って来るようにと言ってメモを渡す。

めちゃくちゃ王子を顎で使う。

なんだかな……。

第三王子は王太子にも顎で使われ、第二聖女にも顎で使われ、そういう運命にありそうな予感がする。

可愛い子ではあるのだが、やっぱり弟分なのかも知れない。

私なんかに説教されちゃ、王族としてのプライドが許さない筈なのだが、聖女科で長く過ごした所為か、もしくは聖女等級の所為か、または私に懐いてくれている所為か、それとも今回の事を自分でも猛省している所為か、今年留年してプライドも底を突いたのか、全部なのかも知れないが……。

私の言ったことは全て素直に聞き入れ、かなり従順に行動に移した。

物事には取り返しの付くことも多いが、取り返しの付かない事もある。

第三王子は第五聖女の婚約者で年下だから、強く言われると言うことを聞いてしまうのかも知れない。

婚約者が涙ながらに訴えたら願いを叶えたくなるのかな？

私だって第三王子には強く出られるが、第二王子には言葉を告げない。

立場もあるし身分もあるし、相性もある。

私は聖魔法には自信があるから第三王子には強く出られるが、婚約者としては自信がなかったから第二王子には弱かったのかも知れない。

そんな風に思いを巡らす。

ポーションというものはＦ級ポーションのライセンスを持った者が作ると、Ｆ級ポーションと呼ばれる。

ちなみにポーションを公に売る為にはライセンスを所持していなければならない。

聖女科を卒業すればF級ポーションのライセンスが取得できる。

第三王子はまだ卒業していないので無級となり、金銭を貰うポーションを作ることは出来ない。

ただ、自分たちで使うくらいのポーションは許可されている。

イメージとしては自作したものは、自分と家族くらいが使うというレベルだ。

なので私が作るポーションは全てF級になる。

ただしそういった事情だから、効き目の強さや性質の高さで等級分けしている訳ではない。

私も大学に行って指定単位の講義を受ければE級に上がる。

製作歴プラス試験でも上級資格取得可能だ。二年後に受けてみようと思っている。

という訳で、私の作るポーションはF級ポーションなのだが……実は品質で等級を決めてほしいなとほんのり思っていたりする。

なぜなら私の作るポーションは力作だと自負しているから。

なんといっても患者の症状に合わせて作るオリジナルブレンドだ。

少しは色を付けてくれてもと思ったり思わなかったり……。

ルーシュ様に許可を貰い、離れのキッチンを窓全開にして夜を徹してポーション作りに励む。

助手は第三王子。王子といえども学生なので、結構時間の融通が利く。

炎症止めと化膿止めと痛み止め。

かなり強めのポーションを作る。

とても苦いがその辺は我慢してもらうしかない。

第五聖女の症状はハッキリと瞼に焼き付いている。

落ち着くまでは通い、私のいない時間はポーションで対応してもらう。

死んだ細胞――

死は死だ。生きていないという事だ。また息を吹き返すことはない。

もっと違う何か……。違う理論展開。

私は薬草を潰しながら、孤児院を訪問した時の事を何度も何度も繰り返し繰り返し思い返していた。

槍に目を突かれた令嬢――

第五聖女の事だったんだ……。

そうだったんだ。

公爵令嬢で第五聖女なんていかにも寄付に行きそうな立場ではないか?

しかも王家の直轄地。

王家以外に公爵家もそれなりに気に留めていそうな地。

槍が窓を突き破った瞬間、シリル様が庇ってくれた。

でも、もし――シリル様がいなかったら？

そうしたらどうなっていたのだろう？

第五聖女が休学になった事をもっとしっかり考えるべきだった。

直ぐに様子を見に行くべきだった。

怪我をしているなんて思いもしなかった。

いつもいつも畑仕事にへこたれていた第五聖女。

貴族令嬢で、あの畑仕事にへこたれない人間がいたら会ってみたいわというレベルだ。

彼女の瞳の色はローズピンク。甘い桃色をしている。

これぞ聖女の瞳という色だった。髪は真鍮《しんちゅう》寄りのストロベリーブロンド。

性格は表裏なく朗らかな感じで公爵令嬢にしては、驕慢《きょうまん》なところがなく、大切に育てられた悪意を知らないお嬢様という感じ。

あの時、ルーシュ様が武器を捨てなければ三秒で手を燃やすと言った時、反転しかけた男は何人かいた。

でも一人だけが燃やされた。

それは見せしめの為に適当に選ばれた一人じゃなかったんだ。

明確に槍を突いた男に焦点を絞って燃やしたのだ。

あの男の顔を思い出す。

そうすると目の前が真っ赤になる。

ああ憎いのだと思った。

孤児院に寄付に行く令嬢の瞳を突いた男が憎い。そしてそれを命令した依頼主も憎い。

第五聖女は自分が聖女科の授業を真面目に受けなかったから天罰が下ったと言っていたが、そんな訳がない。

天罰でもなんでもない。

依頼者の強欲な考えから起きた事件だ。

依頼者が悪く、盗賊が悪いのだ。

第五聖女には一片の罪もない。

昔、建国の頃はまだまだ混沌としていて、魔術も体系化されていなくて、禁術は禁術にカテゴライズされていなかった。

大聖女はどんな聖魔法でも操ったと言われている。

彼女と共に聖魔法の一部は失われたのだろうか？

そんな事があるだろうか？

彼女の聖魔法の理論。

どこかに受け継がれていると考えた方が、必然ではないだろうか？

私は黙々とポーション製作する。

このオリジナルポーションも私だったら誰かに作り方を引き継ぐ。

そうでなければ、次世代はまたスタートからやり直しになる。

それでは人の革新はなされない。

私は徹夜の疲れと薬草の強烈な匂いでくらくらしていた。

キッチンの裏口を開け新鮮な空気を入れる。

その時、王城から鐘が響いているのに気が付いた。

鐘には鳴らし方に種類があり、例えば御子様の御生誕を表す音色だったり、王太子殿下の婚姻の儀だったり。

アクランド王国の城下に住む者は、大概の音色を聞き分ける事が出来る。

これは裁きの鐘の音。

三日後に王城で、身分有る人の裁きが行われる印。

裁きの庭で、各省庁の長官を招集し、罪人に断罪を下すのだ。

この音が城下一帯に響くということは、既に罪人は捕らえられ、準備が整えられているという事。

私は鐘の音を聞きながら、指先が冷たくなるのを感じた。

この鐘の音が好きな人間などいない。

この鐘が鳴るという事は、庶民が知っている貴人を断罪するという事になるのだから。

庶民に関係のない人間ならば、鐘など鳴らさない。

ある意味、盗賊などの悪人の裁判は日常なのだ。

ならば本来悪人と認識されていない人間の断罪になる。

例えば宰相、例えば魔法省長官、例えば王子、例えば六大侯爵。

それくらい誰でも知っている大物ということになる。

しかし私は誰が裁かれるのか知らない。けれども時間の問題で知ることになるだろう。

それを聞くのが怖い。

震える指先に力を入れた時、遠くから本館の執事が歩いてくるのが見えた。

手に手紙のようなものを持っている。

本来離れの手紙は副執事が管理しているのに、本館の執事がそれを持ってくるという事は、それはそういう扱いをするべき手紙ということだ。

私はエース家の執事が近づいて来るのをぼんやりと見ていた。

侍女なのだから、こちらから取りに行くべきなのだが、私の足は地面に縫い付けられたように動かない。

ああ。あの手紙は私宛なんだと頭の隅で考えていた。

本館の執事が持ってくる私宛の手紙。

とても良い知らせとは思えない。むしろ悪い知らせなのではないだろうか？

先程鳴ったのは裁きの鐘だ。そのタイミングでこの手紙。

私は目眩を起こしそうになり、後から出てきた第三王子に支えられた。

「……裁きの鐘が響いていましたね……」

「……そうね……」

あれが裁きの鐘だと第三王子も断言した。ならば間違いなく裁きの鐘なのだ。

「……知っているの？　誰が裁かれるか？」
第三王子は私の瞳をじっと見つめた後、ゆっくりと首肯する。
知っていたのね？
私は執事から手紙を受け取り、そして中身を開けずとも送り主が分かった。
だってこれは勅命だ。国王陛下から呼び出しを受けたのだ。
それはきっと三日後。
つまり、裁きの日——。

第20話　闇の蟲《むし》が広がる刻《コク》

私は今期の第二聖女であったから、心の奥底に十字架を背負っている。
言葉を替えると、助ける事が出来なかった患者がいるということだ。
大抵そういう患者の顔というのは忘れられない。
ふと一人になった時、暗い刻限になると思い出すのだ。
聖魔法の光というのは、心に届ける事は出来ない。
心とは人体の中にある訳じゃない。
胸という言葉が使われる事があるが、心臓ではもちろんない。

そして心を司るのは脳と思われがちだが、頭部に聖魔法を翳しても癒やしには繋がらない。

けれど人は病に侵されると、最初は元気であっても、少しずつ少しずつ闇が心の中を浸食していく。

それは黒く染まった虫喰いの後のようで、毎日毎日続く永遠の痛みと、体が思うように動かない苦しみ。更に家族等にも厄介者扱いされ、孤独になり、そして苦しみに抗う気力を失ったとき、心は闇の蟲が増殖し、真っ黒に染まるのだ。

私の患者もまた心を闇に侵され、そしてある日毒を煽って死んでしまった。

今でもふと思う。

家族に毒を渡されたあの少女の気持ちを。

そう、彼女に毒を渡したのは他でもない彼女の親で。

いつでも楽になりなさいと言ったと風の噂で聞いたのだ。

その毒を母から貰った時、彼女はどう思ったのだろう？

心は一気に闇に侵食されて、生きる気力を失ってしまったのではないだろうか？

ああ。

私を産んだ母が死んでくれと。

死をこんなにも願われている存在が自分なのだと。

お金が無限に掛かる。

働き手にもならない。

まったくの役立たず。

どころか心の負担。

みんなの為に死んでくれと。

だから自分を自分で殺してしまった。

朝、冷たくなった彼女と対面した時、彼女の心の苦しみが、後から後から伝わってきて悲しかった。

時間とお金を掛ければ治せる筈だった。

第二聖女の聖魔法は恐ろしく高いのだ。

聖女等級によってお布施が違うのだが、私はきっと高かった。

そもそも学生なので慰問は孤児院にしか行かない。

となると第二聖女を指名する場合、教会を通す事になる。

値段は教会が決める。

病気なのに、生活を脅かす程金を取るとはどういう了見なのだろうか？

あの篦棒《べらぼう》に高い治療費は誰が決めた？

病人の家族を追い込むほどの値段設定にする必要はあるのだろうか？

少なくとも聖女である私の本意ではない。

もしも聖魔法の光が、心の闇も照らすことが出来たなら、彼女の負担はどれほど減っていたのだろう？

もしも、心に巣喰う蟲に直接聖魔法が掛けられたなら、彼女の不安は不安ではなくなっていた。

そんな風に考え出すと、目の奥が熱くなり、呼吸が小刻みになる。

第五聖女の家は身分も高く裕福だから、治療期間が長くなっても大丈夫だろう。

そもそも妹聖女だから教会は仲介していない。

そして私は教会所属の聖女ではない。

ふと、自室の闇の中で、私は教会所属の聖女にはなりたくないと、強い奔流のような意志で思った。

聖女というのは王宮に嫁ぐか貴族に嫁ぐか教会所属になるかの三択。

王子の年齢周りなどを考えて考慮される。

それはその時の状況が決めるとしか言い様がない。

私は、今、教会に所属していない。

王家にも所属していない。

教会の後ろ盾は失った立場だし、王家からは婚約破棄された。

今のこの状態は、聖女としては大変珍しい立場だ。

あまり考えた事はなかったが、国として許されるのだろうか？

エース家の侍女という立場は、ともすれば大きな権力に簡単に辞めさせられてもおかしくないような微妙な肩書き？

心が静かに沈んでいきそうになる。

人間の不安はいつまでも消えないし。

心配事も無くならない。そういう定めの生き物なのだろうか？

私は三日後に行われる裁きの罪について考えていた。

何故？　どうしてエース家の侍女に出席義務があるのか？

いや、エース家の侍女に出席義務はない。

第二聖女に出席義務があるだけだ。

つまりは――そういう繋がりのものなのだろう。

恐怖で心が沈むのだ。闇の蟲は私の中にも巣喰っている。

誰の中にもきっと――

第21話　裁きの庭

王城内にある聖堂の前は裁きの間になっている。

よく手入れの行き届いた白い大理石が敷き詰められ、聖堂から階段が扇状に伸び、神に続く高い場所という名が付けられている。

教会の催し物等も、この空間で行われる。

そういった時の呼び名は『裁きの庭』ではなく『神の庭』なのだが。

趣旨によって名を使い分ける。

今日はこの空間で裁きが行われるから『裁きの庭』だ。

私は第二聖女用の制服を着ていた。

白と深い紺色ベースに所々刺繍入り。

ベールは季節で変わるが、春は白であることが多い。

第五聖女以外の聖女は全員出席で、制服から全員の等級がハッキリ分かる。

神官と聖魔導師はきっちりと分けられている為、形が違う。

私は『裁きの庭』に来る前に、ルーシュ様に呼び出され三枚の書類にサインをした。

保険の為だと言っていたが、養女関連の書類がメインだった。

シトリーからセイヤーズに戸籍変更。

正式にセイヤーズ伯父様の養女になったのだ。

ただ、もちろん今まで通りロレッタ・シトリーと名乗る。

身分が必要な場面でだけセイヤーズとなるのだそうだ。

父も伯父も承知しているらしい。

実感がない上に、特に今までと生活が変わらない。

変わらないが身分は大きく変わった。

伯爵位と侯爵位は一階級の違いにみえるが、内実は百位を足してもまだ足りない程遠い、天と地の差だ。

セイヤーズは建国からの王の盾であり、大侯爵家だ。

その下に伯爵位、子爵位、男爵位を束ねる貴族界の頂点。

六大侯爵家序列二位。

公爵家は王の親族なので別にすれば、上にはエース家しかいない。

吹けば飛ぶ、名前だけの弱小伯爵家とは訳が違う。

………。

……やっぱり。

まったく実感が湧かないのだが……。

一瞬、自分の身分ロンダリングに気が遠くなるが、そうは言っても現実問題、書類、雇用書が書き換わる。

上の空？　ふわふわしながらも手早くサインを済ませる。

流石に朝食は入らなかったので、お茶だけ飲んで王宮に来ていた。

来て直ぐに礼拝堂で第五聖女のこれからと、裁きの庭で行われる事の不安を鎮める為に一心に祈る。

「第二聖女」

不意に強い口調で呼ばれて顔を上げる。

声のした方には第一聖女のお姉様がいらっしゃった。

左右に衛兵が二人いる。

「お姉様？」

第一聖女のお姉様は、距離を詰めずにそのまま私を見ながら目を細めた。

「祈りだけで、聖力が洩れていましたよ？」

「………」

なんと答えれば良いのだろう？

「はい」で良いのだろうか？

「上級聖女から問いかけを受けたときは、直ぐに膝を突いて答えなさい」

「……はい。申し訳ありませんお姉様」

私は膝を突いて頭を垂れる。

「一心に祈っていたものですから、無詠唱で聖力が流れてしまったのだと思います」

「そんなことは分かっています」

「……はい」

「聖女の聖力とは偶然に持って生まれたもの。自分の努力で手に入れたものではありません」

「はい」

「いつでも驕《おご》らぬように」

「はい」

「聖力を他人に見せびらかさぬよう」

「……はい」

「不服ですか？」

「……いえ」

「聖女等級は絶対。上級聖女が白と言えば白。黒と言えば黒なのです」

「……」

昔はそういう時代もあったのかも知れないが、今は違う。

それに私は聖力を見せびらかした事などない。

そう思っていたら、頬に火花が散ったような痛みを受けて、床に手を突いた。

そこで初めて自分が第一聖女に殴られたのだと気が付いた。

口の中が切れて血の味がする。

衛兵が止めようとするが、第一聖女が聖女は傷など直ぐ治せるから問題ないと言っていた。

私は決して人に手を上げない。

傷を負わせる事になるからだ。

この世界に生きていれば分かる事ではないか。

健康が当たり前では無いことを。

当たり所が悪ければ何が起こるか分からないことを。

故に聖女は決して手を上げるなどの暴力を振るってはいけないのだ。

私は口元の血を拭きながら、第一聖女を見上げた。

聖女のトップである第一聖女とはこんな女だったのか？

第一聖女の制服は多くの人が知る所のベールに虹色の線が一本。

清浄の証。

それを纏ってこんな暴力を働くなんて。

言っている理屈もまったく通らない。

「第二聖女、お前は第二王子に見捨てられ、教会に見捨てられ、今はただの使用人。この大聖堂に入ることは許しません。即刻出て行きなさい」

第五聖女の為に、妹聖女の為に祈ることも許されない。

私は目尻に伝った涙を拭う。

「……失礼しました」

床に落ちてしまった涙の水滴を聖女の真っ白な制服で拭って、立ち上がると、そのまま顔を伏せて駆け出した。


私は口の端を切った状態で裁きの庭で行われる断罪に参加していた。

聖女はもちろん直ぐに負った怪我を治せる。

あの第一聖女が言った通りだ。

でも――

この痛みが自分を奮い立たせる。

平気で顔に平手を入れる人間に負けたくない。

体重を乗せた拳を顔の側頭部に入れるという事は、鼓膜が破れるかもしれない、爪が目に入れば角膜を傷付けるかもしれない、当たり所が悪ければ脳震盪を起こすかもしれない。

脳震盪は脳の一時的機能停止状態をいい、軽度損傷を起こす危険な状態。

あの人は他人の体をなんだと思っているのだろう。

殴った人間は、殴った行為に責任なんて取らない。

損傷した体を背負っていくのは殴られた者。

第五聖女の場合も、槍を刺した男は傷の責任なんて負わない。

あの瞳の傷は彼女の人生が終わるその時まで彼女しか背負えないのだ。

故に私は心に怒りに似た感情が渦巻く。

確かに聖女等級というのは絶対だという教えがあるし、双子王子も第五聖女も私を立ててくれる。

今回は第三王子に厳しいことも言った。

だからといって、自分が黒と言えば、白が黒になるとは思わない。

そんな事、思った事もない。

健康であることの価値と体は壊れてしまうものだという事を聖女は、誰よりも知っている筈だ。

それなのに人を殴った。

怪我をする可能性があるのに暴力を振るった。

そんな人間は聖女とは言わない。

第一聖女など、聖女ではない。

私は涼しい顔をして立っている第一聖女を見た。

何もなかったような顔をしている。

真っ白い第一聖女の制服に袖を通し、堂々としている。

あれが第一聖女と言うのなら、このアクランドという国の聖女は終わっているということになる。

裁きの庭には各省庁の代表が集まっていた。

王、王太子、宰相、司法省長官、神官長、神官次長、上級神官、魔法省次官、そして魔法省官吏と近衛が王の周りから囲むようにこの場を埋めている。

錚々《そうそう》たる顔ぶれ。

魔法省は長官ではなく次官。

つまり――

私は魔法省の蒼錆色の制服を羽織った自分の伯父を見つめる。

父にそっくりな伯父。

髪の色が同じなら双子と言えたかも知れない。

それくらい父と似ている。

しかし父よりやや精悍《せいかん》というか……。

きちっとしている印象がある。

父より魔法素養が上というのなら、あの人も間違いなく天才魔導師だ。

魔法省長官は家柄だが次官は世襲ではない。

つまり自分の力一本で上り詰めたという事だ。

私は伯父の顔はもちろん知っていたが、伯父の官位は知らなかった。

魔法省の次官だったのか……。

その伯父が私を食い入るように見ていた。

正確には私の頬の傷と腫れた瞳を見ているのだろう。

何故怪我をしている？　という事と、何故治さない？　という疑問。

そして、あからさまに泣いた後が窺える目元。

その様子を見ているのだろう。

それは伯父だけではなく、王太子であるシリル様、そして魔法省官吏としてこの場にいる紅錆色の制服を纏ったルーシュ様。その二人からも強い視線を感じる。

特にシリル様の視線が突き刺さる。

傷を意図的に治さなかった私は、大変目立っていた。

それは第一聖女には面白くないものかも知れない。

そう思うと私は逆に嬉しかった。

第一聖女の嫌がる事を出来た自分を褒めてあげたい。

だが、この議に参加する前に会った双子王子にはこっぴどく怒られた。

お姉様は本人の意志より神の意志に従えと先日言ったばかりではないですか？

傷は負ったら直ぐに治すべきです。何故治さないのですか⁉　と凄い剣幕《けんまく》。

本当に！　その通り過ぎて言葉が出なかった。

ゴメンね、我が儘を許してね。と頭を下げる私に、第三王子はぶつぶつと女の子は直ぐにそうやって自分の我が儘を通す。結局僕は逆らえない。最悪。とか言っていた。

……いや……ホントにごめん。

この儀が終わったら直ぐに治す事を約束して納得して貰ったが……。

彼の言い分も理解出来た。

第五聖女もかなり強く言ったんだろうなと今更ながらに想像が出来た。

つまり第五聖女は聖女の修行に全力を尽くさなかった自分に痛烈な後悔と嫌悪が働いたという事だ。

それが強い意志となって私に知らせない事に繋がったのだろう。

第五聖女は……第二聖女である私には素直なのだが、第三王子に対しては結構我が儘を言える関係なのかも知れない。

つまり彼らは気の置けない仲なのだ。

そう思ったら私の胸に微かな温かさが広がる。

私を殴った時、第一聖女の左右には衛兵がいた。

聖女に衛兵など本来は付かない。

つまりはそういうこと。

聖堂に再度裁きの鐘の音が響いた後、開始の言葉を述べたのは、王の右腕である宰相閣下だった。

目立たないが凄腕の王の懐刀《ふところがたな》。

それだけで、私自身の婚約破棄式等とは規模が違うという事を思い知った。

つまりは個人の問題ではなく国の問題。

そして明らかに立ち位置が違う神官長と第一聖女。

彼らの後ろには衛兵が控えていて、いつでも飛び出せる位置。

つまり——罪人は彼ら。

神官長と第一聖女とは、この国の教会組織のトップであり顔になる。

知らない国民はいないのではないかと思う。

組織のトップは神官長な訳だが、位のトップは聖女だ。

聖女とは神がこの世に下ろした力を預かる者。

聖女の光は神の意志の具現化。

教会という組織は、神の光を届ける聖女を賜る場所。

それを等しく国民に届ける事が彼らの仕事。

第一聖女は王太子妃という立場でもあるので、王族であり名実共に、トップ中のトップ。

上には王と王妃と王太子くらいしかいないのではないかという王族内での身分も相当に高い。

第二聖女でありエース家の侍女でセイヤーズ家の養女である私より遙《はる》かに上だ。

しかし、彼らは罪人《つみびと》なのだ。

彼らの罪状を司法省官吏が読み上げる。

ひとつ、聖女等級審査の偽り及び不正
ひとつ、教会の資金横領
ひとつ、聖魔法とポーションの不適正価格
ひとつ、聖魔法を偽る行為
ひとつ、孤児院寄付の横領
ひとつ、盗賊を雇い、寄付金を強奪及び暴行
ひとつ、禁止された薬の売買
ひとつ、王太子への不敬罪――

二桁になるのでは?

という量の罪状が読み上げられる。

大きな罪状から始まって、小さな罪状まで淡々と挙げられていく。

つまりは一つ目の『聖女等級審査の偽り』から始まった、それを維持する為に起こした罪の箇条書きだろうか?

聖女等級詐欺。

それを維持する為の莫大な資金。

その為に教会の資金を横領した。

その為に不適正価格で聖魔法及びポーションを取引していた。

そして足りなくなって孤児院の寄付にも目を付けた。

寄付の何割かを納めない孤児院には報復を行った。

そして第一聖女の聖魔法に疑問を感じた王太子に薬を盛ったと続く。

最後は第二聖女への傷害罪まで付け加えられていた。

今、即興で加えましたか？　というくらいの新鮮度だ。

衛兵から報告が行ったのかも知れない。

神官長は頭《こうべ》を垂れて聞いていたが、第一聖女は背筋を伸ばして凜とした態度で聞いていた。

なんなのだろう？　あの堂々とした態度は？

全ての罪状が読み上げられた。

捕らえられた盗賊が依頼主は神官長だと断言し、神官長は永久懲役。

第一聖女は修道院という名の座敷牢送りになると処分が言い渡された。

その時、第一聖女の笑い声が神の庭に響き渡った。

嫌な笑い方。

自信があって驕慢《きょうまん》で、教会のトップは自分だと、思い上がるなと周囲を蔑むような皮肉の籠もった笑い方。

その第一聖女の笑いが止んだ時——大理石に金色の魔法陣の文様が映り込む。

聖魔法⁉

上⁇

見上げた先には、金色に輝く魔法陣が明滅していた。

私は目を凝らす。

あれは治癒の聖魔法⁉

そう思ったと同時に、魔法陣は弾け飛び、金色の雨が降る。

それは私の頭上。

つまり――治癒を掛けられる対象は私。

神の庭に降り注いだ金色の雨は、驚くほど神々しかった。

ここが大聖堂の正面だった事と、降り注いだ光が反射したのとで。

頬から腫れが引き、傷がみるみる癒えていく。

衆人環視の下、治癒の魔法が使われた。

間違えようもない。

これは歴《れっき》とした聖魔法で、魔石やポーションで行う偽りの魔法ではない。

私の頬の傷か癒えていくその過程を、王も王太子も魔法省次官である伯父も各魔法省官吏も目を見開いて見ていた。

彼らは魔法の玄人だから、偽りの魔法は通用しない。

光の魔法が紡がれた。そして傷が癒えたのだと。そう認識した筈だ。

この断罪の根源を揺るがす事態。

第一聖女は間違いなく聖女だと。その光の魔法展開が伝えていた。

そして私にもハッキリ分かった。彼女は聖女だ。

聖力は多分第五聖女や双子王子より上。

癒やしの速度が速かった。

一流の聖女の証。

聖女等級審査に不正はない？

この場にいる誰もがそう思っただろう。

罪は根底から覆された。

私は今展開された聖魔法と魔法式を正確に読み込んでいた。

聖女科の聖女は自分に聖魔法を掛けたり、他の聖女に掛けたりを日常茶飯事としている。

それはもちろん小さな怪我や病気になったというのも有るだろうが、殆どは実験というか試しというか練習として掛け合うのだ。

聖魔法を一度も展開していない状態で、患者に聖魔法など掛けられない。

事前に練習しないとぶっつけ本番になってしまう。

それは良くない。

だからなのか、私の頭の中には、かなりしっかりと各聖女の聖魔法の特徴が入っている。

今の聖魔法の展開式。

聖女科に通った者なら目を瞑っていても分かるだろう、治癒の術式。

聖女はこの式を一番最初に暗記する。

聖女と言えば治癒だと言うくらい基本中の基本だ。

ただ基本だから簡単という訳ではない。

そして基本でも各聖女の展開の速さと治癒速度や僅かな癖というものは出る。

何十回何百回と掛けた治癒術だからこそ見間違えはない。

私は第三聖女、第四聖女、第五聖女の治癒執行であれば展開と同時に術者を当てられる。

しかし第一聖女の術の癖と言われても、この五年、在学中に一度も見た事がないのだ。

だから実際問題見ていないものは分からないという事になる。

一度もだ。

慰問の際も見た事が無い。

第一聖女とその他の聖女は慰問地がいつも別の場所になるように配置されていた。

初めて見た。

初めて見た筈なのに、どこかで微かに引っかかる感じ。

見た事が無いはずなのに見たはずだという感覚。

初見ではない。

でも微か過ぎて記憶が……。

私は考え込みながらも、王太子であるシリル様を見た。

王の横で、王太子の正装をしている。

裁きの場だからか少し神官寄りの服なのだが、金糸が入る事で王族としての威厳をより一層高めている。

そして厳しい顔で第一聖女を見ていた。

彼は私よりも多大な違和感を感じている筈だ。

何せ関係性が夫婦なのだから。

この一年、結婚していたのに一度も第一聖女の聖魔法を見た事がなかった筈。

あればこんな罪状にはならないのだから。

彼は魔導師として自信があった。

第一聖女は第一聖女ではないという自信が。

私はシリル様の鋭い観察眼を信じている。

それは一緒にいて何度も経験した事だ。

何も言っていないのに、髪の色を変える魔道具を作りたいという相手の気持ちを察して、髪を一本くれるような人。一を見れば十を理解する人。

罪状が正しいという事を大前提に考えるのならば、この状況こそが詐欺そのもの。

そう。

そう考えなければ嘘と詐欺《さぎ》と欺瞞《ぎまん》に呑み込まれる。

何が詐欺か？

第一聖女が詐欺？
第一聖女が詐欺とはどういう意味？
あの聖魔法には違和感があるのだ。
術式がやや古風だと感じた。
今はもう少しコンパクトな略式を用いる。
もちろん、場が場なので、仰々しく展開したのかも知れないが……。
どこかで僅かに触れたことがあると感じるのが二つ目の違和感。
どこで触れただろう？
聖女などとハッキリ言えば狭い世界だ。
偶然ですね。聖女ですか？
同業です、「こんにちは」なんてことはそうそう起きない。
直近で出会った聖女科以外の聖女。
そんな人はいない。いたら忘れない。
じゃあ、なんの記憶が掠ったのだろう？
そして三つ目の違和感。
そもそも第一聖女が聖魔法を堂々と使った事が大きな違和感。
だったら学園時代から、使えという話。
学園時代は使えず、人にも見せず、ひたすら秘匿。

なのに、この公の場でこれ見よがしに使った。
私は使えますよ見て下さいと言わんばかりに——何で今日この日に突然そうなる？
違和感を確実に実証する方法を考えなければいけない。
この短時間で。
聖魔導師である私がやるべき事なのだ。
他の魔導師に、術がちょっと古風でと言ったところで「は？」となってしまう。
私は額から冷や汗が吹き出るのを感じた。

何が詐欺か？
盗賊が孤児院に寄付に行く貴族を襲ったのは事実で。
第一王女が王太子殿下に不敬を働いたのも事実で。
第一聖女が第二聖女を殴ったのも事実で。
多分教会の資金を横領したのも事実だ。
その辺りは全部裏が取れている筈。
罪状の半分は、既に事実なのだ。
ポーションが馬鹿高いのも事実だし、聖魔法の執行料が馬鹿高いのも事実。
そこは覆らない。
でも——この部分は教会というか神官長の罪だろうか？

いやもちろん第一聖女の罪もある。

王太子殿下に不敬を働いたこと。そして――

私を殴った事とか、私を殴った事とか、私を殴った事。

しかも綺麗に利用された。

神の庭にいる全員が私の怪我に注目していたが為に効果絶大だった。

最悪。だったら自分で治すのだったと本気で思う。

私は第一聖女の横で傾《かし》いでいる神官長を見る。

あの人の瞳の色は灰。灰色の瞳をしているのだ。

盗賊が証言した依頼主の瞳の色。

あの人は王家を欺き、聖魔導師ではない娘を聖魔導師と偽り、第一聖女に仕立て上げたのだ。

私は自身が受けた聖女等級判定を思い出す。

私が第二聖女と判定を受けた時、第一聖女は既に第一聖女と判定済みだった。

あの時ですら、私は第一聖女の魔法素養と聖魔法を見ていない。

等級判定の不正。

そんな事はおいそれと出来ない。

出来るのであれば、用意周到に準備されたものであり、権力者が意図してやったもの。

つまり神官長かそれに類する身分の味方がいなければ出来ない類のもの。

そして第一聖女の父は神官長。

黒寄りの黒ではないか？

聖魔法の執行を終えた第一聖女は、この場に揃っている高位の面々にゆっくりと視線を巡らせ微笑んだ。

私の何処《どこ》が偽聖女だ、とその顔が言っている。

「私は王太子殿下の妃です。王太子殿下にお心を傾けて頂きたくて、魅了のポーションを使ってしまいましたが、それはこの国の為。王家の血統を絶やさぬ為。自分の魅力不足に悩む十代の少女が考える浅はかな恋心の成就です。お目こぼしを頂きたく存じます。もちろん、以後はそのような不敬な事はいたしません。第二聖女の頬を叩いた事は、彼女が土足で大聖堂を穢したからです。私が第五聖女の為に祈っていたところを邪魔したのです。上級聖女として些か厳しい指導になってしまいましたが、以後は手を上げないように気をつけます。その他の罪状は私の与り知らぬ事でございます。アクランド王国の司法は一族郎党ということは有りますまい。個人の罪はあくまで個人の罪として帰結する筈だと思います」

そこでちらりと、自分の父親である神官長に視線を移す。

「私は聖女です。この国の民に光を届ける者。ここでこの国の民から第一聖女の聖魔法を奪いますか？　私が子を孕めば必ず魔力素養が遺伝するでしょう？　愛する人の愛が欲しくて、犯してしまった少女の罪。民は私の心に理解を示してくれると思われます。広く聞いて頂いても良いのですよ？」

そこまで話すと、まるで可憐な花ように小さく微笑む。

第一聖女は真っ黒だ。

私は心の底からそう思った。

ある事無い事べらべらべらべらと喋り続ける。

喋り続ける事によって、嘘が他人の中で真実に変わるのだ。

第五聖女の為に大聖堂で祈りを捧げていたのは私だ。

それが彼女の中で、祈っていたのは自分だと変換された。

彼女の口から大勢に紡がれた事によって、私以外の人間の中での真実は、第二聖女が大聖堂を土足で穢し、第一聖女が第五聖女の為に祈りを捧げた事になったのだ。

なんという卑怯であざとい嘘の使い方なのだろう。

つまりはこの場所は、罪人を罪人として立証出来るか、逃がしてしまうかという場であって、端から第一聖女は罪人なのだ。

彼女の理論と弁論が勝つか、王太子殿下の集めた証拠が勝つかという戦いなのだ。

盗賊は神官長が依頼主だと認めた。

しかしそれは、第一聖女が下した命令ではないという事だ。

神官長の独断という事。

そして王太子殿下に盛った薬は真実だと認めた上で、尤もらしく同情を引く理由に変えて謝罪した。

闇商人も押さえてあったようだが、認めた以上はそれ以上の切り札にはならない。

私を殴った事も真実を歪めて認めて謝罪した。

彼女は二つの罪状を認めて、謝り、そして訴えたのだ。

そんな些末な事でこの国から第一聖女を奪うのか？　と。

聖魔法の執行人に聖魔法を使わせない程無駄な事はない。

病人は第一聖女を必要としている。

王太子殿下さえ、広い心で自らの妃の可愛い過ちを許してくれれば、全てが丸く収まるではないか？

第一聖女の為ではなく国民の為にと言った。

王族に対して国民感情を人質に取ったのだ。

そして——自分の父親を切り捨てた。

彼女は真っ黒だ。

第一聖女としても。

娘としても。

私は青い顔をして立っている神官長を見る。

何も言わない。

彼は全ての罪を背負って終身刑を受けるのだろうか？

「元最高神官であるフリューゲルス・ミルハン。申し開きはあるか」

全ての罪を第一聖女に擦り付けられた神官長は、指先が僅かに震えていたが、司法省長官の詰問に口を開く。

「聖女様の光は我が光。私の命令で今期の第五聖女様を傷つけてしまったと知った時、我が命は無くなったものと思っております。病に伏した者の絶望の淵は何度もこの目で見てきております。その病が癒えていく様。奇跡の力であり神の力。私は聖女様に死ねと言われれば死ねる人間ですし、聖女様に殺せと言われれば殺せる人間です。我が人生の光そのもの。私の母は第九聖女でした。カルヴァドス二期第九聖女です。後にも先にも一期に聖女が九人もいたことはございませんでした。ですが、一期の第五聖女と二期の第九聖女、どちらが上とは言い切れますまい。同期の聖女との相対的な順位付けになりますからな。母は第九という下位聖女でしたからその事をとても気にしていました。後三年遅く生まれていれば、三期聖女で第二聖女だっただろうというのが彼女の口癖でした。本来は王子に嫁ぐ聖魔導師の筈が、私の父である魔力を持たぬ上級神官に嫁ぎ平民になった事で、プライドが傷付いたのでしょうね？　晩年は真っ黒い蟲に心を何度も襲われそうになっていました。聖女とて心は苦しみで溢れているのです。それを助けるのが神官の役目。私は聖女から死ねと言われれば死ねる人間です。全ての罪を受け入れこの身を燃やし尽くしましょう。懲役等と温い刑罰にして頂かなくて結構。第五聖女様に申し訳が立ちませんから」

そう言い尽くしたかと思うと、胸の隠しから真っ黒いポーションを取り出して瞬間煽ったのだ。

あれは毒だ。

猛毒のポーション⁉

真っ黒いポーション。

あそこまでドス黒いポーションは見た事が無いかも知れない。

毒のポーションを煽る神官長の姿が、スローモーションのように、鮮明に瞼に焼き付いた。

数瞬の事だったのに、喉の動きまでハッキリ見えたように思う。

しかし事の成り行きに愕然としていたのは一瞬で、直ぐに自分が聖魔導師であり、毒を飲んだ人間に対処するのは聖女の専門だと気づく。

私は毒を煽った神官長の元に駆けつける。

そしてポーションを確認し、思考が刹那真っ白になった。

これは知らない毒かも知れない。

聖女というのは、特に王子と婚約が成立していた聖女というのはありとあらゆる毒成分解析を学生時代に叩き込まれる。

鉱物毒。

植物毒。

生物毒。

そして効能の高いもの、つまりは即効性が速いものから解毒処方を覚えるのだ。

毒といっても何処に作用するかは毒による。

即効性の高いものというのは、呼吸器系を麻痺させるものが多い。

つまり呼吸器系の麻痺を解いて、呼吸困難を回復させる事が重要なのだ。

私は第二王子の婚約者であったから、呼吸器系の麻痺を解く術式は頭に入っているし、使えるのだが――

真っ黒い血を口からコポコポと吐き続ける神官長に違和感を感じる。

これは呼吸器系の毒じゃない。

この血から生体の一部が腐った匂いがするのだ。

つまり、体の中の細胞と血と骨と全ての成分がもの凄い速さで壊死《えし》していっているのだ。

どうする⁉

どうすれば……？

兎に角壊死していく細胞を止めなければ。

私は聖魔法の術式構築に入る。

何がどうなっているか分からないが、浸食していく部分の少し手前に聖魔法で光の障壁を作ればそこで浸食は阻める筈。

構築した術式を魔法陣に乗せ、聖魔法を展開させる。

加えて痛覚の遮断だ。痛みで気を失ってしまう。

私が構築した魔法陣が大理石の床に浮き上がり、神官長の足下から彼の体を包み込むように執行される。

これで堰《せ》き止められるだろうか？

そう思った瞬間、壊死の道が光の壁を避けて曲がったのがハッキリ分かった。

光を避けた⁉

つまり反発が起きたのだ。
ならばこの毒は闇魔法から生成されたポーションという事になる。
そうで無ければ反射など起きない。
鉱物系でも植物系でも生物系でも反射はしない。
目から、耳から、黒血を流しながら神官長が私を見る。
そして優しく微笑んだのだ。
「………お母……様、………先に……行きます」
小さな声で、そう言ったのが聞こえた。
そのまま崩れ散るように床に倒れ、黒い血だまりが広がっていく。
その血が膝を突いて執行していた私の足下に届き、聖女の白い制服を黒く染めていく。
何故？
何故あそこで聖魔法で障壁を作った？
もし水魔法で作っていたなら助けられたかも知れない。
どうして光で作ったの？
あの黒いポーションは、言われてみれば闇色をしていたではないか？
だったら水で作った方が安全だった。
私の判断ミス………。
血だまりに膝を突いたまま、私は茫然としていた。

人を一人死なせてしまった。

この人はきっと、人生の全てを聖女を支える事に掛けた人。

そして最後は利用された人——

第22話　一方通行の罪

誰に？

その心を誰に利用された？

私は膝がガクンと揺れた所をルーシュ様に支えられた。

そして近くには第三聖魔導師と第四聖魔導師の双子王子がいて、場に清浄の魔法陣を流し込んでいる所だった。

周りの教会関係者。次官、上級神官等膝を突いて祈りを捧げている。

「ロレッタ、自身に清浄の聖魔法を……」

「………ルーシュ様」

私は聖女とは思えない、血に濡れた聖女になっていた。

でも、リフレッシュなんてとても掛ける気がしない。

そう思った瞬間、自身とルーシュ様の周りに水魔法が展開する。

足下から温かい水が、血を洗い流して行くのが分かる。

ああ、これは伯父様の水魔法だ。

だって、とても精密で優しい雰囲気がする。

生地に入り込んだ、水分を分離してくれているんだ。

私の水魔法とは親和性が違う。

一流の水魔導師の展開。

その温かい水の感触を感じながら、私は目の奥が熱くなる。

どうしてもっと水魔法を究めておかなかったんだろう。

多重魔法使い《マルチキャスター》なんて恥ずかしい。

多重《マルチ》でもなんでもない。

此処《ここ》ぞという時に、聖魔法しか展開できない未熟者。

何故あの一瞬で水を展開出来なかったかというと、思いつきもしなかった事と、光の方が自信があったからだ。

つまり水に関しては生活魔法としてしか使っていなかった。

傷口を殺菌するのですら光魔法でやっていた。

でも考えてみれば、水とアルコールで消毒した方が、庶民はマネしやすいじゃないか?

聖魔法で消毒したところで、そんなものじゃあ自分もという訳にはいかないのだから。

学びの観点からみれば、水の方が良かった。

傷は流水で洗うものと広められる。

そういう初歩的な事が浸透していないことで、傷から雑菌が入る事は日常茶飯事。

これからは、そういう部分でも水を使うべきだと痛烈に思う。

そうでなければ多重魔法使い《マルチキャスター》の意味がないじゃないか。

そんな後悔に苛まれている時、横から第一聖女の声が聞こえた。

「触らないで、穢《けが》らわしい」

私に向かって毒々しい声でそう言ったのだ。

「そんな不浄の血をまき散らさないで」

第一聖女は厳しい声で、そう言った。

私は我が耳を疑った。

罪を全て背負って、死んでいった父親に娘が言う台詞がそれ？

強い憤りを感じた時、

「穢らわしいのは、君の心だろ？」

という呟きと共に、青い空に稲妻が光ったのが見えた。

？　稲妻？　青い空に？

当たり前だが、稲妻というのは暗い空にジグザクに走る特性がある。

それは雨雲の中で氷と氷が摩擦して発生するから、必然的に天気が悪い所で発生するものなのだが、しかし、例外はある。

晴れた空に稲妻というのは、遠い空に起こる事がある。

稲妻の光だけが雲の水蒸気を伝って見えるのだ。

そういう場合は大抵音は届かないのだが……。

その稲妻を見た時、落雷はないだろうと、何故か今までの知識で判断し、ぼんやりと、自分とは遠《とお》く事だと思って見ていた。

青い空に薄く見える雷の筋も綺麗なものだなと思う。

二十キロくらい先で、雨が降り始めたのだろうか？

そう思った瞬間、私の鼓膜に劈《つんざ》くような轟音。

恐怖で身が竦《すく》んだ。

落雷。

裁きの庭に雷が落ちた。

遠くの雷じゃない。

真上だ。

裁きの庭上空に水蒸気を意図的に作られた?!

そう言えば、遙か彼方に赤い霧。

あれは先程、私を洗い流した水の魔法を更に追加して蒸発させた？

光の強さと音に体を震わせていると、ルーシュ様に抱き寄せられた。

視界が赤錆色の制服だけになる。

シリル様の雷の魔法。

間違える訳がない。

私はあの盗賊に襲われた場所で一度経験しているのだから。

このタイミングで紡《つむ》がれた。

何に落としたかと考えれば……。

恐る恐る目を明けた私が見たものは、右肩から黒い煙を出している第一聖女の姿。

そしてその傷口から黒い血が染み出していた。

雷は彼女に直撃した……。

――シリル様の雷《いかづち》。

「君は自分の夫が見分けられないの？」

そんな声が近くで紡がれる。

シリル様が近くまで降りて来て第一聖女と相対していた。

「え？」

シリル様の問いかけに第一聖女は右肩を押さえながら首を傾ける。

「僕はね、自分の妻は見分けられる。政略結婚と言えど一年間夫婦として過ごしたのだからね？」

「……」

「僕はこの裁きの庭で君を見たとき、この聖女は誰だろう？　そう考えていた。僕が結婚をした聖女ではない。顔は同じだけれど、中身が違う。彼女は間違いなく聖力がないと分かっていたからね。

だから、君は誰？　と考え続けていた訳だ」
シリル様はそこまで言うと、第一聖女から視線を逸らさずに私に指示を出す。
「第二聖女。盗賊のリーダーである男の体に残る怪我の残滓を確認して」
「……」
盗賊のリーダーの怪我の残滓《ざんし》……。
何故？　と考えて、一つ一つの事象が繋がった。
そういう事だったんだ。
それで私はずっと第一聖女の聖魔法の術式に違和感を感じていたのか。
見た事ある筈。
でもハッキリと思い出せない。
でも何処かで……。
それは治癒執行を見た訳じゃない。
治癒魔法の執行後残滓を感じる程度だった。
だから仄かな記憶。掠る程度の記憶。
言っていたではないか。
あの盗賊のリーダーが。
あのリーダーは捕まった後、ぺらぺらぺらぺらよく喋った。
依頼を受けたのは聖魔法を受けたかったからだと。

盗賊は当然怪我をする稼業なのだろう。

当たり前だ。命の遣り取りなのだから。

リーダーは怪我した。

光の聖魔法を受けたかった。

だから依頼者の条件は渡りに船だった。

金も手に入る。

傷も治る。

傷を治して貰った訳だ。

依頼主が連れてきた聖女に。

その聖女の事をなんと言っていたか？

「年老いた聖魔導師」と言っていたではないか……。

私は衛兵に取り押さえられた盗賊のリーダーの体に聖魔法を通して丁寧に確認をして確信した。

「王太子殿下。この盗賊に執行された聖魔法と、先程私の頬を治した聖魔法は同じ聖女の魔法です」

執行者は同じ。

つまり――

年老いた聖魔導師という人と、今ここに立っている第一聖女とは同じ人間になる。

そして今、ここに立っている第一聖女をシリル様は妻じゃないと断言した。

つまり王太子殿下と婚姻を結んだ第一聖女ではない。

「カルヴァドス二期の第九聖女、ヒルダ・ミルハンだったんだね。正確にはただのヒルダかな？　平民だから。でも孫が王太子妃になる時に一代限りのミルハン姓を賜った。この姓は君が上級神官と結婚するときに一度捨てた名だ。君は本当は元公爵令嬢ヒルダ・ミルハンだものね？」

ヒルダと呼ばれた第一聖女は一瞬虚を突かれていたが、間を置いて、王太子殿下に綺麗に笑い返す。

王者のような微笑み。

けど、先程までとは明らかに違う。

雷に打たれて気絶しなかった第一聖女。

右肩から清浄なものとは違う色の血。

そして数刻前まで美しい娘の姿をしていたのに、今や額や頬には皺と染みが浮かび上がっている。

美しかった十代の少女が、老婆に成り代わろうとしていた。

「そうよ？　私は王族の血を分けた公爵家の令嬢であって、平民の神官になんか嫁ぐ人間じゃないのよ？　王子に嫁ぐよう定められた高貴な血筋。私が王子に嫁いでいたら、シルヴェスター王太子殿下、あなたは私の孫だったのよ？」

「それはそれは。あなたのような心の汚れた聖女が祖母ではなくて、幸運でした」

「まあ、随分と憎まれ口を叩くのね？　間違った事は正さなくてはいけない。私の孫が第一聖女になれば、間違いは正される。私は王家の人間だもの。孫は王族である必要があるわ」

「成る程。それで自分の息子をけしかけて、聖女等級審査で不正を働かせ、それを維持する為に、先程の罪状に並べられた罪を次々に犯したと」

「当然よ？　私の息子は聖女が黒と言えば黒、白と言えば白になる聖女が絶対の神官なの。それは私がそういう風に育てたせいでもあるし、仮の夫が敬虔な人間だったから、そう育ったというのもあるでしょうね？　神官など聖女の足下で命令だけ聞いていれば良いの。そういう存在なのよ」

「何が不満ですか？　優しい神官の夫と聖女に敬意を抱く息子。どこか不満なところはありますか？　あなたが嫁いだ当時の第三位上級神官。最後は最高神官になっている。暮らし向きも大変裕福で、とても人柄の良い方だと聞いている。しかも彼は貴族の妾腹。第二王子、第五王子と同じ魔法素養を一つ持っている。あなたとの婚姻で魔導師が生まれる確率は二分の一。聖女を嫁がせる神官は片親が魔導師であるという条件がある。側妃の王子と結婚した確率と同じだけ魔導師の子供に恵まれる可能性がある。思い通りとはいかないまでも、幸福の一部はあると思われますが？」

「幸福ではないわ。公爵令嬢が平民に落とされる苦痛をなんだと思っているの？　屈辱以外の何ものでもない。庶民の慎ましやかな幸せなんて私には似合わない。沢山の使用人に傅《かしず》かれて聖女の力を振るって生きて行くの。元の場所に戻る。私は元の場所に戻る――」

第一聖女の顔がゆがむ。

肩の傷からコプコプと音を立てながら黒い血が流れ落ちる。

シリル様は、第一聖女の老い萎えた顔を見て目を細める。

「何か手に入りました？　元の場所に戻る為にしたことで、手に入ったものはあるのですか？　母親思いの息子を失い。孫は不正で断罪される。あなたは聖女という名誉と残りの寿命を失った。もう、とうにあなたの姿は元の年齢を追い越している。あなたは全てを失った。何も残ってない。残っているとすれば、カルヴァドス期の第九聖女の汚名くらい？」

「…………」

「惨めだね？　第九聖女とはいえ腐っても聖女。その力と名を欲しい者は沢山いただろうに。国民須《すべから》く憧れる存在。焦がれても焦がれても一般人には光の聖魔法は使えない。あなたの妄執が聖女であるあなたから全てを失わせた」

細胞が凄い勢いで劣化している。

「今期の第二聖女が羨ましかった？　才能に満ち溢れ、それを活かすための向学心。そして決して他人を傷つけない。あなたには無いものばかりだ。衛兵から報告を受けているよ？　先に大聖堂で祈っていたのは第二聖女だったそうだね？　その祈りがあまりにも敬虔だったから、問答無用で殴ったと聞いている。何処が上級聖女による厳しい指導なのだろう？　嫉妬に狂った下級聖女の暴行の間違いだよね？　つまらない嘘ばかりぺらぺらと並べ立てれば、嘘が真実に成り代わるとでも？随分と浅はかだ。妄想は思い込みであり、真実とは否なるもの。カルヴァドス二期第九聖女、今期の第二聖女の方が余程上級の聖女だ。彼女はあなたのお粗末な陰謀さえなければ、この国の第一聖女だった。あなたが手を上げたのは、今期の最上位聖女だ」

可逆とは、四十年若返らせれば、元の基点の歳から四十年分を更に重ね、人の平均寿命を超える事だろうか。元の年齢が六十歳だった場合、十八歳の第一聖女に成り代わるには四十二歳分、時と逆行する事になる。すると百二歳になる計算だ。

カルヴァドス期の聖女ヒルダ・ミルハンの顔が黒ずんで行く。

「…………シルヴェスター王太子殿下。この国の次期王。あなたの妃は私の孫。王妃になり国母になるのは我が孫」

「国母にならず。王妃にもならぬ。王太子に魅了のポーションを盛った事実及び聖女等級不正により本日付で廃妃。聖女ではないのに聖女と偽った訳だから、国と王家を欺いた事になる。十代の少女の恋心と言うが、この国の王太子の自己意思を曲げさせる薬を盛ったのだからね、『人の体に向けられた不法な有形力行使』と判断する。暴行罪だ。故意で薬を盛った訳だから。悪質だよね？」

老婆に成り果てた、第九聖女の膝がガクガクと揺れ、ガクンと膝を突く。

いったん若返らせた細胞が、元に戻ろうとする反作用？

生きながら腐っている。反動で急速劣化……。

細胞を若返らせること。

どちらかというと劣化させる方が理論上は可能。

若返らせるには何か、物理法則に逆らう力が必要なのだ。

あの真っ黒い闇のポーションから感じた力。

あれは闇魔法なのだが、その中でも——

私は魔法法則を紐解く。

王家には雷の魔術師が生まれる。

水魔導師の家系には氷の魔術師が生まれる。

そして――

闇魔導師の家系には――

時間を操る事が出来る、時空の魔術師が生まれる事がある。

闇の魔術師というのは空間を操ることが出来る魔導師の事だ。

魔界、異界、その応用で時空間を操れる、闇魔導師の最高峰。

けれど、闇の魔導師はその魔法の性質からかなり危険で、必ず誕生したら国に報告する義務がある。

でも――

私は孤児院でアリスターと出会った事を思い出す。

潜性遺伝とはかなり追いにくいのだ。

もしも傍系の傍系の追えないくらい遠い場所から出ていたら？

聖魔法と時空の魔法を組み合わせれば、細胞の可逆は可能なのだろうか？

そんな考えに囚われていた時――

既に枯れ木のような老婆に変貌した第一聖女の恐ろしい悲鳴と号哭《どうこく》が響き、私の足に老婆の爪が食い込んだ。

「許さない。たかだか伯爵令嬢のお前が第二聖女と。お前はこのまま放っておくとゆくゆくは第一聖女になる。許せない許せない。私が聖女の末席でお前が聖女の首席など許さない。一人では行くものか。お前の幸福を食い潰してくれる」

私の足首に老婆の鋭利な爪が突き刺さる。

すると私の皮膚が傷付き赤い血が流れた。

私の足首に十カ所の傷を付けた老婆は大笑いしていた。

「聖女のお前なら分かるだろう。これがどういう事か分からない筈がない」

そう言って、心の底から哄笑する。

もちろん私は第二聖女なので、彼女が口にした言葉の意味を等しく全て飲み込んでいた。

つまり――

感染。

傷付いた傷口から腐った毒の血が体内に入る事で、老婆の中で起こっている可逆的何かが私の血に移るという事だ。

「ロレッタ!?」

顔が熱風に煽られる。

目の前にいた老婆が、青い灼熱の炎に包まれて、パチパチと音を立てて燃えていた。

骨まで焼き尽くす紅の魔術師一族の血統継承。

蒼の炎。

私の左右にはシリル様とルーシュ様がいて。

直ぐに「自身の体に聖魔法を展開して」と言っている。

小刻みに震えながら聖魔法を展開させたのだが。

——遅れた。

完全に傷から体内に入ってしまった。

——っ。

あの黒い靄は解析できていないのだ。先程少し読み込んだが、聖魔法で迎え撃つ設計図的なものが出来ていない。

そして光の聖魔法は反発が起こって、別のルートで進行されると同時に、反発が起きた部分が大きく損傷してダメージを受ける。先程神官長の体を通して間近で見ていた。

——私、詰んだ??

シリル様とルーシュ様に、支えてくれている手を離してくれとお願いした。

「——最後まで、第二聖女として出来る事は全てやるつもりです。もちろん諦めません。でも、もしもお二人に感染させてしまったら、悔やんでも悔やみきれません。少し距離を取って下さい。そして——」

私は二人を見上げた。

「——五分経ったら、私を燃やして下さい」

その言葉を言い切った時、シリル様の瞳が揺れたのが分かった。

その揺れる瞳を見た時、遠い昔、私は同じ目を見たことがあると感じた。

あの黄色い瞳を同じように揺らしたことがあるのではないかと……?

でも――

燃やすしかないのだ。

五分して抗体が出来なければ私の体は汚染される。

そうすれば最後は一番被害の少ない方法を取らなければ。

跡形もなく骨も残らぬようにルーシュ様の炎で包んで貰うのだ。

覚悟を決めて言った。

何故ならどうしようもないからだ。

勿論、最後まで戦うけれど、
でも――

私、不用心だったのかも知れない。

カルヴァドス期の第九聖女を甘く見ていた。

甘く見た覚えはないのだが、人の妄執の極限の力を知らなかったのかもしれない。

あんなに黒く。あんなに強く。他人を呪うなんて。

シリル様ではないけれど、何かご不満ですか？　と聞きたくなる。

神官は貴族ではないけれど、それは爵位を継いでいないからで、八割方貴族出身だ。

次男、三男、四男、妾腹。

とても裕福であるし爵位は継がなくてもその家の人間なのだから、何かしらの恩恵は絶えず貰っている。

伯爵令嬢の私よりも、大分豊かで充実した暮らし向きだ。

そもそも領地持ちの伯爵は、領地経営という恐ろしく胆力のいる事をしなくてはならない。

疫病、天災、旱魃《かんばつ》。

なんなんだというくらい次々と問題は起こるし、その度に借金が雪だるま式に膨れ上がる。

その点、神官の妻というものはのんびりしている。

借金はないし、実家は裕福だし、安定して給金が出る。

非常にホワイトな職場？　の筈。

しかも神官長に上り詰めたのだ。

その権力は各省長と同じ。

なんの憂いもない。

それは勿論客観的な視点から見たもので、第九聖女から見たものではないが。

プライドと驕慢と欲望に支配された心の行く末は恐ろしいものだなと思う。

そのとばっちりで私は死にそうだ。

きっとお父様が悲しむ。

普段は飄々としているけれど、家族が大好きな人だから。

お母様もきっと悲しむ。

弟も。

そして――

シリル様も悲しんでくれる。

あの人は王太子であるのに、第二聖女である私に常に優しい視線を注いでくれた。

そしてルーシュ様。

折角善意で雇用してくれたのに、燃やせとは後味が悪すぎるのではないか？

ああ、申し訳がなさ過ぎる。

そんな風に考えながら、聖魔法の展開に匙《さじ》を投げかけた時、ふわりと温かい腕に抱きしめられた。

「移ってもいい。離れない」

そう言って、ぎゅーっと、これ以上無いくらいぎゅーっと、もうこれは我慢していた血を吐くぞと思うくらいぎゅーっと抱きしめられた。

黄色の髪が私の肩に落ちる。

何言ってらっしゃるの？

あんたこの国の王太子でしょ？

寝言は寝て言え！！！

ロレッタは覚醒した。

うっかり死ねない。

王太子を巻き添いにして死んだら、私の立つ瀬が無い。

立つ瀬などどうでも良いが、第二聖女としての沽券《こけん》に関わる。

私は大急ぎで投げかけた匙を拾った。

そして分からないものは分からないので水魔法を展開させて防壁を作りながら、汚染されそうな細胞を洗い流していく。

微妙に原始的な方法ではあるが、傷口を洗うのはそれなりに効果がある。

その後どうするか――

うっかり諦めかけたが、死ぬ一秒前まで諦められなくなった。

王太子と死なば諸共《もろとも》の関係になってしまったからだ。

別にまだシリル様には感染していないのだが、危なっかしい。

感染経路というのは、体が外に向かって開いている所だ。

口、目、耳、傷口等。

シリル様とルーシュ様に切り傷でもあったら終わると思って、二人に聖魔法を展開して念入りに治したら睨まれた。

今のお前にそんな事をしている暇はあるのか!?

と目が怒っている。

もちろん全然ないのですが……。

そんな風に途方に暮れていた時、耳元で何かがもぞもぞと動いた。

くすぐったいんだけど!? そして痒い！

蟲!? じゃなくて虫！

私の目元まで飛んできたその極小の虫は、こちらをじっと見つめて、オニャッと鳴いた。

「！？！」

クククククククロマル！！！！！！

どっから現れた！？！

それは豆粒より小さなクロマルだった。

あの日、アリスターの肩に乗るぽよんの正体が知りたくて、追いかけて追いかけて小さく弾け飛んだクロマル。

まさかあの日から髪の中とか服の中とかに潜んでたとか!?

「空間を切り離して、そこで黒い血を解析するニャ」

「………………」

猫が喋った……。

いや……クロマルはブラックスライムだけども。

でも今まで、ニャとかオニャとかニャニャとかしか言わなかったのに。

「クロマルは喋れるの？」

「クロマルは賢いニャ」

「………………」

「アリスターの闇魔法とクロマルは繋がっているにゃ。一時的に時間の流れのない空間に放り込むから、そこでその黒くて気持ちの悪いモノの抗体を作って、自分でなんとかするニャ」

「………………」

何年掛かるのだろう？

ふとそんな不安を感じたのだが、そんな不安は忖度《そんたく》される事などなく、私は空間の歪みから放り投げられた。

気が付いたら小さな掘っ立て小屋のような家にいた。

ぎりぎり雨風は凌《しの》げるだろうか？

そこは森の中にあり、その森はいつも霧が立ちこめていた。

小屋の中は薬師の家のような薬草と薬草を潰す鉢などが一揃い置いてあった。

ここで薬を開発しろという事だろうか？

私は薬草棚を一つ一つ確認して戻す。

小屋に置いてあるものを全て確認し終えると、自分は何をしたら良いのかを考えた。

抗体の開発は、先ずは病原菌の確保だ。

それなら沢山ある。

自分の体の中に――

棚に置いてあったナイフで指先を傷つける。

そのコポコポの血の中に繁殖した何かを殺す効用を持った薬草を一つ一つ探すのだ。

最初は一つずつ。

次に組み合わせ。

しかし――本当に何年掛かるのだろうか?
ローラーしていく薬の数を考えると、途方もない数で正直怖さから溜息しか出なくなるのだが、やるだけやってみるしかない。

抗体作りの日々は静かで単純で寂しいものだった。

この空間には誰もいない。

その空間で来る日も来る日も黒い血に効く物質を調べていく。

日数を数えていたら百日経った。

百日経った所で頭の芯がおかしくなりそうになった。

ここは時が止められた空間だという。

ならば私の時は止まっていて、病気もあの日投げ出された時の症状のまま止まっているという事になる。

つまりこの空間から出た瞬間に時は動き出して私は黒い血を吐いて死んでしまうという未来が予測出来た。

恐ろしい。

死か孤独か治すかの三択で、死は勿論選択肢から外れる訳で、孤独に耐えて抗体を開発するという道しか残されていないが、そろそろ孤独に耐えられなくなってきた。

せめて猫でもいてくれたなら。

せめてクロマル……。

クロマルは一緒に来てくれなかった。

執行者のようなものだから内側に入るより外側の方が全体が見えて良いのだろうし、アリスターの使い魔だから一緒に連れてくるというのも違う気がする。

けれど私は……。結構限界を迎えていた。

もう一度、現状を整理してみようと思う。

事の始まりはカルヴァドス二期の第九聖女の欲望から始まったのだと思う。

彼女は公爵家に生まれ聖女判定を受けて王子妃になる脳内予定だったと。

なんと迷惑な脳内予定だろう。

そもそも王子妃というものはタイミングによるのだ。

私は今期第二聖女で第二王子殿下の婚約者であったが、次期聖女は普通に考えれば、第一聖女が第四王子と婚約し、第二聖女は第五王子と婚約し、第三聖女からは王子妃ではなくなるのだ。

王子妃になる聖女は王子とお年頃が同じ年代の聖女だけ。

意外にも沢山いる訳じゃない。

そして王子妃以外の嫁ぎ先は公爵、侯爵の当主もしくは上級神官魔力素養一価持ちだ。

そして彼女は上級神官に嫁ぐ事が現実として受け入れられなくて、現実を妄想方面に捻じ曲げようと今回の事件を起こした。

孫娘を王太子妃にするべく画策し、まんまと王太子妃になったは良いが、なかなか子が生まれない。

そうすると聖魔導師ではない孫娘を聖女として見立てさせる為にお金が掛かり、あれよあれよと犯罪に手を染める羽目に。

更に今回、聖女等級審査詐欺が明るみに出そうになり、第九聖女が第一聖女に成り代わり裁きの庭に趣いた。

顔は聖魔法でちょちょちょちょと弄ったのだろう。

それは病気を治す事よりも簡単な行為だ。

なんせ顔の表面の問題だし。

更にどこかにいるであろう野良の闇魔導師時空持ちと裏取引かなにかで老婆だった細胞を若返らせた。

こわっ。

けれどもこれはきっと時間制限付きでしかも命と引き換えの禁術だ。

執行者ではなく執行される側の命。

急速に老化して、多分元の年齢も通り越して、骸骨のようになって黒い血を吐いてお亡くなりになった。

そしてその亡骸は間髪入れず燃やされた。

最後の燃やされるタイミングで、命があったかなかったかはギリギリラインのようなのであまり深くは考えない。

つまりは――

時の魔術師の介入がなければ抗体なんか作れるか！！！

とかそういう話。

なんで感染系にするかな？

思うところもあるが、体の中で劇症を起こすために、そうしたのだろうと思う。

次々と汚染を拡張する為に、そういう理論構築。

時の魔術師だけではなく聖魔導師、つまり第九聖女が関与したから、体の中で劇症を起こすポーションが一番平易に作れたのかも知れない。

――ああ。

私、マジで詰んだ。

そう思っていると、コンコンとドアをノックする音が響いた。

ここに百日いたが、そんなことは初めてです。

私は分かりやすく、浮かれてドアを開けた。

大変、人に飢えてました。

第23話　時の止まった心達

コンコンとドアをノックする音が響いた。

私は形振り構わずドアを開けた。

正直魔物でも幽霊でも野獣でもなんでも良いくらいの大胆な開け方だったと思う。

出ないという選択肢を完全に消す為だ。

出る一択。

「どちら様ですか？」

元気よく出迎える。

愛想の良いロレッタ・シトリーは滅多にお目見えしない。

本来は結構冷たそうと誤解されやすい容貌をしている。

「…………」

そこにいたのは透明で輪郭だけがある人型のスライムのようなゼリーのようなモノだった。

普通に考えれば無色スライムなのだが、何か人型を取っているし脆弱そうだから違う気もする。

そしてなかなか口を利いてくれない。

サイズは子供くらい。

私の胸の辺りくらいまでの背の高さ。

その物体は、てとてとと室内に入って椅子に座った。

やっぱりどこか人間ぽいよね？

「……火傷《やけど》した」

「そうなの？」

私は火傷用の軟膏《なんこう》を持ってくる。そして大きなタライ。

火傷の初期は冷やす。

そして油で覆ってあげるのが重要。

水魔法でタライに冷たい水を張りながら、聖魔法の光を水の中に溶かし込む。

その中に透明ゼリーの火傷をしたという腕を入れてあげた。

「……気持ちいい」

「良かったね」

「僕のお父さんもお母さんも炎の魔術師なの。ずっと何代遡っても炎の魔術師。だから僕は遺伝上の問題で魔力過多でよく火傷を起こす。これが痛い。炎の魔術師の皮膚だって普通に人の皮膚だから燃えれば熱くて怖い。魔力が多すぎて微調整が難しい。僕の婚約者は炎の魔術師ではなく違う系統にすると父が言っていた。僕は気持ちの良い水か光の聖女が良いのだけど、水を司る侯爵家とは仲が悪くて難しい。僕と同じ年頃の王子が沢山いるから、聖女も無理。僕の家はお金だけは唸るほどあるから、火傷を治す上級ポーションが沢山買ってあって、火傷をする度にそれを使って治すのだけど、火傷を負った心は治らない。ずっと長い間、僕の心を炎が燃やし続けている気がする。本当は西にある領地に帰りたい。城の周りは蒼い草原が広がっていて、遠くにはキラキラした海が見える。暖かくて、いつも海風が吹いていて、豊かで、街の人はいつも和やかに笑っていて、僕はその街によく遊びに行って、お菓子を買ったりおもちゃを買ったりする。あの綺麗な領地に帰りたい。あそこには僕の親族が住んでいて、皆優しい。でも僕は嫡男だから王都のタウンハウスで暮らしている。本当は砂浜や岩場で蟹《かに》を捕ったりしたい。一日中海で青い空を眺めていたい」

「……そうなんだね」

「お姉ちゃんは、心の火傷は治せるの？」

「……心は別空間にあるから光の聖魔法が届かないんだよ？」

「ここは別空間だし、心は剥き出しだよ？」

「え？」

「そうでしょ？」

「そう？　なのかな……」

「やってみれば？」

「………うん」

私は手を透明ゼリー君の胸に伸ばす。

「……心ってここで合ってる？」

「分かんない」

「…………」

「取り敢えず色々やってみれば？」

「……うん。色々やってみようか」

透明君の胸に聖魔法の光を展開する。

「……違うみたい」

「違うんだ」

「じゃあ次は額で」

「おっけ」

私は透明君の額に手を当てて、聖魔法を展開する。

「違うんだ」

流石に足とかお腹は違うんじゃない？　と思うし。

でも何が起こるか分からないから全部やってみる？

「そこも違った」

「違うんだ」

そして全部やり尽くした。

魔法執行しながら私は考えていた。

どう考えてもこの透明ゼリー君はルーシュ様の幼少期だ。

あの御仁がどうしてこんなに健気な子供だったかは分からないが、色々な成長を経てあんな感じのちょっと偉そうな青年に成長したらしい。

ちっちゃなルーシュ様可愛すぎる。

そして私は微妙な感じでルーシュ様の弱点的なものを握ってしまった気がする。

この時の空間は危険な香りがする。

「お姉ちゃん」

「何？」

「こうして、こうして、こうして、こう」

ちびルーシュ様は私の背中に両手を回してぎゅっと抱きついて来た。

「魔法展開して」

「水？　光？」

「両方がいい」

「おけっ」

私は彼の体を包み込むように光と水の聖魔法を通した。

彼の心の火傷にどうか届きますように。

そう願いながら紡いだ。

「……気持ちがいい」

「良かったね」

「今度一緒に海に行こう」

「良いね。行こう行こう」

そう返事をした時、ちびルーシュ様は消えていた。

ちびルーシュ様が消えてしまって七日が経った。

薬の開発は一向に進まない。

……というか薬草ローラーに意義を見いだせない。

一応は手は動かすのだけど……。

時の魔術に関してもっと勉強をしておくのだった。

いや……この霧の家にも書架はある、今日は本を読む為に籠もるか——

もしくは、あの透明ゼリーのちびルーシュ様。

また来てくれないだろうか？

あの可愛さと会話の思い出のおかげで、七日間も充実して生きて来られた。

凄いな透明のぷよぷよ人型ゼリー。

ここは時の止まった空間だから、きっと時の止まった心達が森の中に浮遊しているのかも知れない。

心だけがずっとその場所に釘付けになり動けない。

現実では聖女の光は心には届かないのだけれど、この空間では届くというのが素晴らしい事なのではないかと思う。

ここは大変に冗長的な空間ではあるのだけれど、心専門の聖女という看板を出して、霧の森と共に生きるのもありかも知れない。

孤独すぎて自分の舵取りが訳の分からない方向に転がり始めているのだが、そういった事にも、気付かなくなっていた。

ここはお腹が空かないし、止まった時を永遠に過ごすだけなのだから、死ぬよりはましかも知れない。


そんな風にしか思えなくなっていた頃、久し振りにドアがノックされる。

そして私は食い気味にドアを開けた。

そこにいたのはやっぱり人型のゼリーでやっぱり子供。

基本は子供時代の置き忘れなのだろうか？

そんな風に私は予想したが、今まで出会った透明のゼリーはこれで二人？

なので、判断を下すには数が少なすぎるのだが……。

ちびルーシュ様では無さそうである。

少し髪の輪郭感が違うというか……。

ルーシュ様は透明な中にもほんのり紅みが差していたというか……。

いやほぼほぼ透明なのですがね……。

この子もほぼほぼ透明です。

でも何か光の加減でちょっと黄色いというか……。

透明ゼリー人型は、とととと家の中に入ってくると、ソファーに座って寛いだ。

おぉ??

ゼリーなのに性質が全然違う。

面白い。

「………心に大きな棘が刺さっているの」

透明ゼリーはなんとなく話し出す。透明ゼリー人型達は一応自分から身の上話のようなものを話し出すのだな？　と共通点を感じる。

「ある日、僕は夢を見た。遠い遠い夢だけど夢の割には鮮明。その夢の中で僕は一人の女の子を傷つけてしまうんだ」

「……なるほど」

「その傷つけてしまった僕の過《あやま》ちを考えると、わーっっっ！！！！　となって床をゴロゴロ転がり回りたくなって、あぁぁぁぁっ！！！　となって机に自分の額をぶつけたくなる」

「…………」

私は不謹慎ながら、少しこの少年が面白かった。

「それは大変だね？」

「うん。苦しくて。あぁぁぁぁっ！　なんでそんな事するかな？　となって後悔と羞恥とでいたたまれなくなって、額を机にゴーンと……」

「では、その棘を一緒に抜きましょうか？」

その言葉を掛けた時、刹那の間が出来る。

「………それは絶対だめ。もしもこの棘を抜いてしまったら、僕の後悔の気持ちがなくなってしまって、もう一度同じ過ちを繰り返してしまうから。だから棘は心の真ん中に刺したまま、僕は生きて行くしかない」

「机に額を打ち付けてしまうのに？」

「……うん。机に額を打ち付けて、恥ずかしくて恥ずかしくて、わーっっっ！！！　となって突然走り出したくなっても。記憶は持ち続ける。記憶こそが人の成長の鍵なのだから。僕は消さない」

私は、この子は随分大人びた子だなと思った。

そして利発そうだ。

その上、微妙に誰だか分からない。

最初はシリル様かと思ったが、彼はここまでコミカルではないと思う。

「では、もし今度、机に額を打ち付けて怪我をしてしまったら、私が冷やして差し上げましょう」

「……君が？」

「はい。これでも聖女ですから」

「……ふーん」

透明ゼリーはふと私を見上げた。

「……僕の周りには聖魔導師が沢山いるんだ。母も父も弟も。祖母も祖父も何代でも遡れる。たぶん婚約者も聖女。でも僕は一方通行について考える。婚約予定の聖女は僕が好きで、僕は一人の女の子が好きで、その子はある魔導師が好きで、神官は聖女の母親が好き。全員一方通行。一方通行は悲しい事ばかり起こる。どうして人の心は一方通行なのだろう？」

父も母も弟も聖魔導師で、祖先は全部聖魔導師……。

婚約者は聖女といえばほぼほぼ王子だ。

つまりやっぱりちびシリル様？？？

「双方向が起こると良いですね？」

そう言って、彼の頭を撫でると、彼はくしゃりと顔を歪ませた。

「僕には永遠に起きない。永遠にない。一方通行の轍《わだち》の中を歩き続けるのだから」

私はちびシリル様の手を取って、光の聖魔法を流した。

彼の胸から棘は抜けなくても、その棘で傷付いた場所は治癒しますように。

そう思いながら一心に祈り続けた。

「………お姉ちゃん。君が誰だか分かったよ？　その光は忘れない」

そう言って、透明ゼリーは背を伸ばして私の頬に頬を寄せた。

そして溶けるようにその場に消えて無くなった。

ちびシリル様の来訪から三十日経ったが、次の来訪者は現れない。

研究は頭打ちだった。

自分の指先をナイフで傷つけ、細菌を採取するのも疲れ果ててしまったのだ。

研究とは一人でやっていると堂々巡りが起きてしまう。

同じ事、同じ理論を何度も何度もぐるぐると考え続けて答えが出なくなってしまうのだ。

そんな中、私はドアを見つめる。

どうだろうか？

今まで来訪者を待つばかりだったが、自分から会いに行ってみては？

待ってたって患者はやって来ないのなら、慰問してはどうだろう？

そもそも胸が痛すぎて動けない患者もいるかも知れないし。

突然何の前触れもなくそんな風に思い付いた。

なんとなく家から出たりはしなかったのだが、だって霧の森なんていかにも迷子になりそうじゃないか？

でも私は人恋しいのだ。

無理無理無理無理。

百三十七日中、人と喋ったのが二日なんて少な過ぎる。

六十八・五分の一だ。

約分したって虚しいだけだ。

そんな虚しい数字に縋っている訳にもいかない。

私は今まで作りまくったありとあらゆるポーションをバスケットに詰め込んで家を出る。

すると直ぐそこ、ドアの目の前に真っ黒なドス黒いゼリーが崩れていた。

あぁ、直ぐ目の前に不穏なゼリーがいつからいたのか分からないがいらっしゃっていて、力尽きて倒れている。

私は丁寧に手で掬い、ベールで包み込む。

ちなみに聖女のベールです。

崩れてしまって不定形なので、家に戻るとタライに出した。

ちょっとこれは今までのゼリーと違って、不穏不穏不穏不穏。

不穏の塊ゼリーだ。

しゃべれるのだろうか？

聖魔法？

いやいやいや水魔法で洗ってみます。

聖魔法を掛けたら反発で死んじゃいそうな予感。

「…………私は母が聖女で父が神官長の息子です」

「…………」

もの凄い最初から身分の分かる黒ゼリー人型崩れだった。

神官長かぃ⁉

「私は聖女が大好きです。聖女様に死ねと言われれば死ねます」

台詞もそっくりそのままです！

その台詞、前に聞きましたよ？

「…………でも、誰も幸せにはなれませんでした。私は母にも今期の聖女様にも幸せになってほしかった。第五聖女様の瞳から光を奪ってしまった。許されない罪を犯しました。死にたいと思いました。真っ黒い心で一心に死にたい死にたい死にたいと」

「…………」

「……願いが叶ったようで死にました」

「……そうですか」

「私は聖女様の光が大好きでして、あの綺麗な光を見ていたら十年は元気に仕事が出来る人間です」

もの凄くお安いっ！

「母の言うことを聞いたのは、母に幸せになってほしかったからです。しかし結果は真逆。母も私も娘も不幸になりました。良くありません」

「……そうですね」

「………心残りがあるのです。第五聖女様の瞳を治して差し上げたい。それが出来るまでは、死んでいますが本当の意味で死ねないのです」

「第五聖女の瞳の細胞は死んでいるのです。死んだモノは生き返りません」

そこまで言うと、黒い崩れゼリーはおいおいおいおいと哀れに泣き出した。

待てど暮らせどずっと泣いている。

私は辛抱強く待った。

許す気など更々ない。

この人は罪人だ。

第五聖女の瞳から光を奪ったのは盗賊だが、彼が命令さえしなければそんな事は起こらなかった。

その彼も第九聖女に命令されたのだ。

つまりは大元は第九聖女の欲望。

なんと罪深い欲望なのだろう。

欲望くらい自分の中だけで消化しろという話だ。

「……死んでしまった細胞は蘇らない。では生き残った細胞を増やす事は出来ないのですか？」

「その理論は、同じ人間をコピー出来ませんか？　と同じ事です」

そう言いながらも私は熟考する。

細胞は作りが単純だから人間のコピーとは話が違う。

一からは作れないけど、生きた細胞を増やす事は出来るのだろうか？

例えば、光魔法だけで考えているのが良くなかったのかもしれない。

汚染された血と汚染されていない血を水魔法で分離することは可能なのではないか？

つまり抗体を作るのではなく、良《りょう》と悪の分離。

伯父様がやったみたいな水魔法。

これをやる為には根気強く黒血の成分を一つ一つ分析し、正常な血との相違点を挙げる。

リフレッシュの応用でいけるかも知れない。

だがしかし――

物理的に血が足りなくなる。

一リットル以上流れると生命に危険が及ぶ。

一リットルくらいは汚染されている感覚がある。

ということは正常な血を増やしてから執行。

血を増やす食べ物はあるにはあるが瞬間的には間に合わない。

じゃあ、この空間で正常な血を増やすだけ増やしておいて、流れたと同時に入れる？

しかし血液を増量させるなんて聖魔法でも成功していない。

いや待て待て水魔法でいけるか？

出血を止めることは出来るが、消失した血を復元は出来ない。

ちなみに血溜まりをリフレッシュして戻す事は可能だ。

聖女の基本理念。

血の九十パーセントは水。

残りはタンパク質とか。

血の働き。

空気を運ぶ、殺菌消毒、止血凝固、物質を運ぶ。

この辺り、殺菌と凝固は聖魔法で代用できそうな気がする。

あとはどうしよう？

つかめそうでつかめない糸口の前で私は思考をジタバタジタバタとさせていた。

私はドス黒崩れゼリーをなんとか、どろどろの人型にして、彼を助手に抗体作りに励んでいた。

このドロドロのドス黒ゼリー崩れの人型は消えずに居座っている。

これが聖女の光で十年働けると宣言しただけあって、よく働く。

聖女の助手として凄腕だなっ！

機転が利いて、的確にアシストしてくれる。

神官長に上り詰めただけある。

仕事は出来るんですね！

どうしても使ってくれと懇願するので使ったら、寂しくないわ、話し相手になるわ、理論展開の補助はしてくれるわでスーパーアシスタンツ。

飛躍的に研究が進んだ。

光と闇が反発し合う物質なら、その反発作用を利用するのだ。

血の中の感染血液だけを排除して体外に出す。

その時、血を全部排出するのではなく、汚染部分だけ出す。

そこを高速で書き換える。

これだけはその場でやらなければならないが、やり方が決まっていて、書き換える式が指定されているなら、後はそこから一個一個解く必要はない。

光を当てると反射する。その反射の長さで見分けて書き換える。
体内の血液三リットルくらい？
これを二分以内を目標にして高速演算。
要は血液の抗体反応の部分に黒血を跳ね返す命令を下していけば良いのだ。

理論構築から百日で完成した。
これをこの空間から出た瞬間に飲んで聖魔法を展開する……。
私は体感で一生分くらい研究した気がする。
正直……自分の命の為とはいえ、骨が折れた。
そして不眠不休？　で手伝ってくれたドス黒いゼリーは泣いていた。
おいおいおいおいおい泣きながら、これで第五聖女様の目に光が戻ると泣いている。
…………この薬で助かるのは第五聖女じゃなくて第二聖女だよ？
とは微妙に言い難いじゃないか？
どうしよう？
分かっていると思うけど、間接的にだからね？
わざわざ言わないけども。
けど――
この研究を踏み台にすれば細胞の再生まで辿りつけそうな辿りつけなさそうな……。

死んだ細胞の代わりに、生き残っている細胞の方を爆発増殖させる訳だし――

そんな事を考えていたら、黒いドス黒ゼリーがこちらを見つめている。

ちなみに輪郭だけではあるのですが、表情は浮かんだりする。

「………光の聖女様。私は最後に光を見た。誰も彼もが見捨てた私の事を、母親にも切り捨てられた私の事を、第二聖女様は救おうとしてくれた。彼女こそ真の聖女」

そうして、私の手を、恐る恐るそっと取る。

「………痛みを、無くしてくれた………」

そう言って、私の手を離すと、端からとろとろとろとろと蒸発して、最後は一片の欠片さえ残らなかった。


私は神官長を見送った後、ぼんやりとしていた。

壮絶な肉体死と精神死に立ち会った気分。

親と子の関係性。

百歩譲って子が親を裏切る事はあっても、親が子を裏切る現実はあってほしくない。

だって子供は親無くしては生きていけない。

健気で無垢な生き物。

親鳥を信じ切る小さな雛鳥と一緒だから。

でも現実の総量はきっと逆なんだろうなと。

それは人として寂しいと。
思ってしまう。
そんな時——
カリカリカリ。
ドアを引っ掻く音が聞こえる。
ぼんやりとしながら私は立ち上がって、ドアを開く。
猫がいる。
立派な猫だった。
大きくて、黒くて、瞳は金緑色で。
その猫が私を見上げるとニイと左右に口を開いた。
ああ、これはクロマル。
そう思った瞬間、空間の歪みに投げ出された。

終話　光の聖魔法

空間の歪みから投げ出された私がどうなったかというと——

私が時間の止まった空間で過ごした二百三十七日は零秒《ぜろ》なのだが、こちらの空間では二百三十七秒の経過。

四分にも満たない。

一日は千四百四十分なので日数を考えると、約八万五千三百二十倍の体感。

長かったですと文句の一つも言いたくなったが、そんなものは言う暇もなく、私は元いた場所で薬を煽り、聖魔法を展開し力を使い果たして気絶した。


後から聞いた話によると、神官長は絶死。

カルヴァドス二期の第九聖女は老衰死からの焼却。

第一聖女はなんと裁判が始まって直ぐ、実家のベッドで強制睡眠中だったらしい。

眠っている所を捕らえられ、起きたら罪人扱いになっていた。

「嘘よ、何を言っているの？　私は王太子妃よ？　触らないで」と叫び続けながら連行され、予定通り修道院に送られた。

修道院とは言っても特殊修道院で監視付き自由無し。

到着して直ぐに労働に従事するらしい。

なんでも、最初から最後まで黙って事の成り行きを見守っていたアクランド国王陛下は、第二聖女の大魔法展開に目を丸くし、恐ろしい聖力操作と魔法展開の速さ……、と唖然として呟いた後、宰相に向かって、王太子妃は第二聖女とする。

と言い切ったとか、言い切っていないとか——

書き下ろし番外編

蒼の魔術師と孤児院長

I put everything
I have into
the Red Wizard. Love.

王立学園中等部二年生で水の魔導師でもあるローランド・セイヤーズは休日に城下へ来ていた。

六大侯爵家セイヤーズといえば多くの貴族を束ねるトップ中のトップである。

その上には六大侯爵家序列一位のエース家と王家の親族くらいしかいない。

故に身分や権力で理不尽な立場に追いやられることは少ない。

というより経験したことがない。

しかし、濃い水をイメージする髪色と瞳を持つローランドは、自身の経験に反して、そういった事が日常茶飯事に行われていることを知っている。

伯爵は子爵を、子爵は男爵を、男爵は平民を下に見る身分社会の序列が厳しく敷かれている。

ただし、平民に生まれた者は必ず平民に、貴族に生まれた者は何代も貴族にという程に身分の流動がない訳ではない。

家格が貴族と同義なのではない。

魔力が貴族と同義なのだ。

なので平民が高い魔力を持って生まれた場合、貴族になる道があるし、貴族は魔力がないと大変に肩身が狭い。

侯爵位からは魔力がなければ家を継げない決まりまで有り、それは王家も例外ではない。

ローランドの家は親兄弟親戚一同魔力持ちだ。

魔力持ちは魔力持ちから生まれる。

故に両親ともに魔力を持っていれば子供は魔術師なのだ。

確定である。

侯爵家でも正妻ではなく、愛妾の子であったりすると、魔力の無いものも生まれるが、別に魔力がなくても仕事は沢山あるし、一族であることに変わりはない。

しかし、セイヤーズは本妻の子しかいない。

今のところ。

何処かにいる可能性はゼロではないが、聞いた事が無い。

引き取っていない事を考えると、魔術師ではないのだろう。

ちなみに血が繋がっていなくとも、突然市井の者が兄弟になる事もある。

領地で経営している孤児院に魔力持ちが生まれれば、速やかに引き取る。

教育は早ければ早いほど良いし、学園に上がる前に引き取りたいのだろう。

魔導師は大きな力を持っているため、直ぐに貴族の管理下に入れる必要がある。

そうでなければ、力が暴発したり悪用されたり面倒なことになる。

こちらのパターンの兄弟も、ローランドにはいないのだが……。

今のところ。

直ぐ下の弟は、王立学園中等部一年だ。

魔導師は魔導師と婚姻を結ぶ。

魔導師は貴重なので、無償では迎えられない。

迎える数と同じだけ出さなければならない。

成人すると領地内で内政に当たるか、中央で官僚になるか。

領外に籍を出すのは婚姻の時のみだ。

婚姻相手の条件は魔導師であることのみ。

確定事項はそれくらい。

魔導師であるならば持参金無しでも受け入れるし、ある程度融通を利かせる。

侯爵位は長子男系相続ではなく、魔力量で決まる。

ローランドが兄弟間で一番の魔力持ちである事と、弟のユリシーズが氷の血統継承を出していることで、二人は領地内に残す事が決まっている。

つまり――

自由恋愛などは存在しない。

そういうものに夢も見てない。

身分も魔法の才も容姿にも恵まれた六大侯爵家令息であるローランドには恋愛観が存在しなかった。

子供という程に子供ではないのだが、大人とも言い切れない年齢。

しかし――

自分の目の前に修道服を着た女性を何度もお茶に誘おうとしている男がいるのだ。

修道服を着た修道女を誘うとか？

どういう頭をしている？

修道女というのは、貞潔《ていけつ》を旨としている。

誘ってどうする？

それは誘う前から答えが決まっているようなものだ。

振って下さいと言っているようなもの。

そんな事は、恋愛観が薄く、まだ学生のローランドですら分かる。

もう少し誘って感のある女性に声をかければ良いのに……。

しかも、こんな子供の目の前でそんな訳の分からない事を始めないでほしい。

なんなの？

ローランドは貴族には見えないようなラフな格好をしている。

庶民にしては裕福そうだな？　という感じの変装。

貴族街でもあるまいし、王立学園の制服なんか着たら浮きまくる。

こっそり城下を探索している意味がなくなってしまう。

目の前で繰り広げられる茶番を仕方がなく見ていた。

二十代半ばに届く大人の女性だ。

よく見ると、綺麗な女性だということは分かる。

魔導師ではないから、鮮烈な色彩は放っていないが、整った顔立ちの、ヘイゼル色の瞳をした女性。

もの凄くきっぱりはっきり断っているが、男がしつこいのだ。

いつまで続くのかな？

と思ったら、突然男が腕を振り上げた。

はぁ⁉

もしかして暴力を振るうとか？

有り得ないだろ。

有り得ないと思ったのはローランドだけのようで、裏道から男の仲間と思われる荒れた感じの男達が出てきて、女を押さえつける。

わー……。

野蛮《やばん》の極《きわ》み。

さてどうやって助けよう？

魔法なら一発なのだが、貴族だとバレる。

もう少しスマートな方法はないかな？

と考えている内に、振り上げた男の拳が女の頬に狙いを定め振り下ろされる。

男と修道女の頬の間に魔法を展開し、六芒星《ろくぼうせい》を顕現《けんげん》させると、水のシールドを作り出して、拳を防いで弾き飛ばす。

やるなら戦意が折れるほど徹底的にやっておいた方が良い。

復讐は鬱陶《うっとう》しいし、こちらの身分が割れるのも面倒くさい。

大きめの水の礫《つぶて》で三人を吹っ飛ばすと、修道女の手を取ってその場を駆け出す。

もう男達は伸びているのだが、駆けつけた警備官に根掘り葉掘り聞かれるのが嫌なのだ。

水というのはもっと悪辣《あくらつ》に戦うならば、呼吸器系を狙うのが一発なのだが、別に殺したい程憎い訳じゃないし、一時的に動けなくなればそれで良いのだ。

修道女の手を握って夢中で逃げていたら面白くなってきて、クスクスと笑ってしまった。

なんで庶民街で修道女の手を握って逃げているのだろう？

こんな人生想定した事は無かった。

想像もつかないことが色々あるんだな？

そう思うと笑ってしまったのだ。

「……何故笑うんですか？」

ローランドが手を握っていた女から問われる。

彼女にしてみたら必死で逃げているのに、笑いが漏れるなんて場違いだと思ったに違いない。

ローランドは庶民街の広場まで来た所で足を止める。

「なんか可笑しくて。破落戸《ならずもの》相手に逃げるとか？　と思ったら想定外過ぎて笑えた」

貴族ではなく庶民みたいに喋ったつもりだが、魔法を放った以上、この女には貴族だとバレているのだろう。
十二、三は年上だろうか？
修道女だからか飾りっ気はないのだが、どこかしこに品が漂う？

アレ？

庶民だよね？

違う？

「助けて頂いてありがとうございます」

「助けられる状況だったから助けたまで。気にしないで」

「素晴らしい魔法でしたね」

「どうも。でも声を抑えて。今、変装中なんだ」

「見れば一発で貴族と分かります」

「え？　そう」

「それも相当身分の高い貴族だと思われます」

「ハハ。凄い。見る目がある上に凄くハッキリものを言うんだね」

「……そうですね。そういう性格をしていますね」

ローランドはこの修道女に少し興味を持った。

何か、貴族だと分かっても態度が慇懃《いんぎん》にならないというか、誰が相手でも通常運行みたいな。

「セイヤーズのお坊ちゃんでしょうか？」

「…………」

そこまでハッキリ言われて、修道女の口を反射的に塞いだ。

女性に対して乱暴な行為だったかも知れないが、もののズバリ言い当てられて一瞬、余裕がなくなった。

る。

「何故知っている」

声を潜めて相手を問いただす。

もしもセイヤーズの人間だと知っていて、カフェ前で茶番を演じていたのなら、罠の可能性がある。

善意に付け込むタイプの悪質な罠。

そんな風には見えなかったので助けたのだが。

あの破落戸の振り上げた手は、躊躇《ちゅうちょ》無く目の前の女を殴ろうとしていた。

人気の無い所まで連れて行き、塞いでいた手を離す。

「見知っている理由を簡潔《かんけつ》に言え」

視線で促すと、怖がる訳でもなく女はローランドの瞳を見た後、目を伏せた。

「服の質、所作、髪の色、目の色、魔法属性、年齢から類推しただけで、知っていた訳ではありません。手を引かれながら推測しました」

「ほー。それは随分鋭いと言いたいところだが、水の魔導師の中でもセイヤーズ本家の者は一部だ。伯爵位でもいる」

「そうは言っても、あの魔法展開の速さ。侯爵位の方だとしか思えませんでした。伯爵であるならば、あんな瞬時に魔法展開はしないでしょう。詠唱などをして力を溜められる方もいらっしゃいますし、地面に描く方もいらっしゃいますが、何も無い所からあれほどの魔法陣が立て続けに出てきましたので、水の侯爵家縁の方だと思いましたし、セイヤーズ本家のお坊ちゃまは丁度王立学園に通っている時期ですから」

「六大侯爵家令息の歳を全て知っているのか？」

「全てではありません。闇の侯爵家は知りませんし。六大侯爵家令息令嬢は、王立学園入学時に新入生代表になり挨拶をすることが多い。優秀ですから。なので十になる歳に年齢が認知されるのではないでしょうか」

「お前は王立学園の関係者か？」

「……卒業生です」

「卒業生？」

「ええ。王立学園教養科神職コースでした」

「……貴族か？」

「男爵位の愛妾の子です。成績が優秀だったので、奨学金を受けました。母は庶民ですし庶民街で育ちました。所作は学園に入ってから同級を真似たものです。習ったことはありません」

「嘘であったら殺されるのを覚悟して貰う」

「嘘ではありません。神の名にかけて、真のことしか申しておりません」

「……そうか」

「そうです」

「口を塞いで悪かった」

「こちらこそ。お忍びのところ、ズバリ身分を当ててしまい申し訳ございません」

「……お前は」

少し言動が直接的だと思ったのだが、それは口に出さずに飲み込んだ。

その後、こんな場所で話し込むのもどうかと思い、普通にお茶に誘ったら、「喉が渇いてましたよね」と言って、誘いに応じただけではなくお茶を五杯も六杯も飲み、お茶請けをおかわりしまくり、最後は軽食のサンドイッチまで食べて、「お金を気にせずに食べるのって楽しいですね」と言って満面の笑みを浮かべた。

随分と現金な修道女だなと思ったら笑ってしまった。

一緒にいると楽しい気持ちになる一応庶民の友達が出来た。

この女とはこの先、結構長い付き合いになるなんて、この時は思ってもみなかったのだ。

想定外も良いところだ。

けれど、それだから面白い。

良い出会いに乾杯。

七杯目のお茶で――

書き下ろし番外編

強くなりたい日

I put everything
I have into
the Red Wizard. Love.

怒鳴る口調で、自分を罵倒されると、苦しくなってモヤモヤとした黒い霧みたいなものが、胸の中に広がって口を噤んでしまう。

でも――

私は言い返したい。

お父様が元第二王子を相手にしても一歩も怯まなかったように。

私も平気な顔をして、

『君、身分を捨てるの？　本気？　正気？　真実の愛って凄いね。僕なら身分も金も権威も捨てないよ？』

……凄いな。

凄い厭味。

しかもスマート。

怒鳴り返すでもなく、冷静というか……。

私も出来るようになりたい。

そもそもお父様の子供なのだから、血は色濃く受け継いでいる訳で。

似ている部分だってあるはずなのだ。

容姿以外にも。

私は氷の魔術は展開出来ないけど。

髪色はそっくりなんだよね。

顔は自分じゃよく分からないけど、まるで違うという訳ではないと思う。

じゃあ性格の一部だって踏襲しているはずだ。


「シリル様」

「なーに？」

私はエース家の応接室でお客様の対応をしながら、ルーシュ様を待っていた。

シリル様はというと、私の御主人様のご友人でシリル・エース様という。

でもそれは仮の御名で、本名をシルヴェスター・エル・アクランドという、姓に国名を頂いている、この国の第一王子殿下であり、王太子殿下だ。

私の御主人様とは王立学園時代からの大親友なのです。

ちなみに私の御主人様は、彼《か》の建国王の片腕、七代賢者を始祖に持つ、エース侯爵家の末裔であり紅の血統継承保持者。

優しさと強さを併せ持つ神のようなお方。

目が合ったら拝みたくなるレベル。

「私を罵倒していただけますか？」

「？？」

突然の私の発言にシリル様は首を傾げている。

「ロレッタ？　どうしちゃった？」

「私、罵倒に負けない強い人間になりたいのです」

「…………」

「罵られても言い返せる強い人間になりたい。鍛えて下さい」

「……えー」

「例えば元第二王子殿下のようにですね、お前は魅力がないとか、気立てが悪いとか、愛らしくないとか」

「むーり」

私がシリル様にそう訴えかけると、シリル様はニコリと微笑まれる。

「え？」

「ロレッタに向かってそんなこと言うの、むーり。ムリムリムリムリ」

「そこをなんとかっ。鍛えて下さい！」

「ロレッタ可愛い。ロレッタ天使。愛らしい。気立て最高。魅力たっぷり」

「…………」

シリル様はお願いしたことと逆のことを言う。

「このまま抱きしめたいくらい好き。全部好き。シルバーブロンドの髪も、その薄いアイスブルーの瞳も、頑張り屋さんな所も、真面目な所も」

「…………」

廊下に足音が響く。

と同時に応接間のドアが開かれルーシュ様が入ってくる。

「シリル、気持ち悪い言葉が廊下まで漏れてるぞ」

「気持ち悪いとか⁉　真実だし」

「真実でも。そこまでダダ漏れはどうかと思うぞ」

ルーシュ様はシリル様に冷静に突っ込む。

ルーシュ様の突っ込みスキルは高い。

「だってロレッタがとても無理なことを言ってきたんだよ？　第二聖女推しのこの僕に、罵倒してくれって」

「罵倒？」

「そう。強くなりたいんだって。第二のバーランドが現れた時に、スッキリ爽やかに言い返したいそうだよ」

「……成る程」

「それで僕が練習相手に……」

「……それはキツいな」

「キツいよ。僕には無理」

「確かにシリルには看過出来ないな」

二人でうんうんと頷き合っている。

ああ、このままでは立ち消えになってしまう。

まだ全然習得していません。

「もしかしたら、ルーシュ様のお立場ならどうでしょう？　御主人様ですし」

「…………えー」

「私を打たれ強い侍女にして下さい！」

私は勢いよくルーシュ様に頭を下げた。

「元第二王子殿下のように、酷い言葉を言って下さい！」

御主人様は少し戸惑っています。

「いつでもどうぞ」

「どうぞと言われても」

「魅力がない、可愛くない、愛らしくないと罵って下さい」

ルーシュ様が私のことを見下ろす。

「……………か、可愛くな…………く…………はない」

「え？」

ちょっと罵りの言葉とは違う。

ルーシュ様？

「…………普通に可愛い……」

「え？」

「普通に可愛い」

「…………」

「むしろ可愛い。どこが可愛くない？　逆に教えて」

「…………」

ルーシュ様が……何か……罵倒とは遠く。

「素直で、頑張り屋で、どこが可愛くないの？　むしろ可愛いだろ？」

「…………可愛い？」

「そうそう」

「…………素直？」

「そうそうそう」

「…………頑張り屋？」

「そうだろ。頑張り屋じゃないなら、オールSなんて取れない。苦手な教科だってある。それを諦めなかったんだろ？」

「…………」

「お前は、六年間鬼の聖女科でやり抜いたんだろ？　勉強が分かんなかったことだってあるだろ？　誰だって躓くだろ？　諦める瞬間なんてどこにでもあるだろ？　お前は分からなくなっても投げ出さなかった。一つ一つクリアして首席卒業したんだろ？」

首席といっても一人です。卒業生。

「貶す人間がいるのなら、貶す方が間違っているだけだ。相手にしなければいい」

「……自分の婚約者でも」

「婚約者でもいらない人間はいらない」

「…………」

ルーシュ様が真っ直ぐに私を褒めた。

私が夢中でやってきたこと。

私は天才じゃないから、沢山勉強した。

遅々として進まない科目もあった。

勉強したのに、忘れてしまう。

特に語学は難儀した。

でも、暗記の仕方を工夫してみた。

王子妃になったら、必要だと思ったから。

それなのに——

その努力を馬鹿にされて悲しかった。

努力なんて馬鹿みたいと言われた気がして苦しかった。

実際、努力している間に、婚約者は綺麗な女性と浮気をしていた。

勉強ばかりしている私は気が利かないと。

もっと着飾れ。無神経だと。

最近の話題を知らないと。

努力した先に広がっているのは罵倒だった。

きっと私は――

自分のしてきた六年間を認めて貰いたかったのかも知れない。

王子妃になるために頑張ってくれたんだね。

そう言ってほしかったのかも知れない。

「………私」

「うん」

「第二王子殿下の婚約者に決まってから、色々無理をして頑張りました」

「うん」

「城下にケーキを食べに行ったことがありません」

「ケーキ？」

「そうです。ふわふわのクリームとキラキラのフルーツと柔らかく焼いた小麦の生地が重なっている、あのケーキです」

「ああ。ケーキね」

「そう、女の子の憧れのケーキです」

「食べたことないのか？」

「ないです。忙しい上に貧乏でした」

「食べたいのか？」

「食べたいです」

「じゃあ、俺と行く？」

「御主人様と？」

「ああ。美味しいところ知ってるし」

「なぜ？」

「母親も好きだし、エース家は小麦の産地でもある」

「侍女は御主人様にケーキをおねだりして良いのですか？」

「いいよ」

「召使いなのにどうして？」

私がルーシュ様を見上げて聞くと彼は笑った。

「可愛いから？」

「……可愛いから」

「頑張り屋だから？」

「…………」

「俺が一緒に行きたいから」

「…………」

「それじゃ弱い？」

そう聞かれて私は首を振っていた。

いつの間にか私の後ろに立っていたシリル様が、よしよしと頭を撫でる。


後日、私は二人に連れられて、素敵なカフェにやって来ていた。

そこは季節の花が飾られていて。

今は春だから、蒼色の勿忘草《わすれなぐさ》が鉢に入って、入り口や窓辺にこれでもかと沢山置かれていた。

可愛い。

案内された席に座ると、沢山の花が添えられたケーキをウエイターさんが持って来てくれた。

白いふわふわのクリームが沢山乗っているフルーツのケーキ。

今の季節は木イチゴ。

赤と白のコントラストが映える。

「「ロレッタ、卒業おめでとう」」

ルーシュ様とシリル様にそう言われて、二人が私の卒業をお祝いする為に用意してくれた席なのだと気が付いた。
ルーシュ様とシリル様にプレゼントを渡される。
二人とも春の花のブーケだ。
私の手元が花に埋もれる。
赤とピンク色のブーケと黄色とオレンジのブーケ。
ケーキの甘い香り。
お花の香り。
瞳の奥が熱くなる。
祝ってくれてありがとう……。
私の卒業を忘れないでいてくれて――
瞬きをしたら、涙が零れる。

あとがき

こんにちは、三ヶ月振りになります。日向雪です。『紅好き。2』をお手に取っていただき、ありがとうございます。作中とカバーがミモザの咲く春ですので、季節感があり、五月に発売することが出来てとても嬉しいです。


あとがきを書き出しますと、脳内が猫一色になるのは何故でしょうか？

作中に登場しました元黒猫、もっちりボディのクロマルですが、作者と黒猫との関係は大分月日を遡《さかのぼ》ることになります。あれは幼少期（遠い昔）、ある動物病院での出会いになります。

その病院の外掲示に仔猫の里親募集の紙が張り出されておりました。お家が決まった子にはポップでお家が決まりましたと貼ってあります。五匹のいる仔猫の内、黒猫様のみ、ポップが貼ってありませんでした。

……………心配。

心配以外の何ものでもありません。

小学生でしたが、それが一番の心配事の種になりました。胃が痛い（小学生）。そのうち涙がハラハラと（メンタル弱め）。兄妹達が二ヶ月くらいで貰われていく中で、その黒猫様のお家が決まったのは、なんと六ヶ月後でした。長かったです。仔猫と呼ぶには憚られる大きさ。

その時にひとつの誓いを立てた訳ですが、その内容は、大人になり、もし自分が仔猫を貰う機会があったなら、その時は黒猫を貰おうと。そんな風に思いました（思い込みが激しい）。

月日は流れ、大人になった頃、知人の知人が雪の降る日に黒猫を保護しました。その黒猫はお腹に赤ちゃんがいました。仔猫を五匹産み、貰ってくれませんか？　と御触《おふ》れが出されたのです。これは――こんな運命？（思い込み）的なタイミングであの時の誓いを実行する日が……。もちろん二つ返事で貰いに行くことに。母猫は黒猫。もしかしたら五匹とも黒猫では？


黒猫は一匹もいませんでした。


逆に驚きました。いないんですね⁉

黒猫のお母様は黒猫以外の猫を五匹産んでおりました。茶トラと茶トラとハチワレとブチとサビという塩梅《あんばい》です。幼少期の誓いが微妙にカーブしましたが、気を取り直して一番黒っぽい子を貰って参りました。殆ど黒なのですが、茶トラがマーブルのように混ざっております。お父様は茶トラでしょうか？　日本猫の毛色の出方は面白いですね。

そんな猫様と生活をしている毎日でありますが、黒猫様への謎の思い込みは（？）は深く、（※本質的にはどの毛色も等しく尊い）クロマルが誕生したという秘話に繋がる訳です。

謝辞です。

二匹の猫様。執筆中にキーボードにハイジャンプしてくるやんちゃ坊主（メス）の猫様と大人しく人懐っこい人ラブの猫様。どんな性格の子も愛しい。永遠に一緒にいて下さい。

担当編集のＦ様。とっても忙しいスーパー編集様なのですが、レスポンスが神速です。どうやったらそんなにお仕事が出来るのか、Ｆ様七不思議の一つです。いつもいつも作品を大切に考えて頂き、ありがとうございます。

イラストレーターの鳴鹿様。一巻発売記念にネットに上げて頂いた、ルーシュとシリルがロレッタに紙吹雪を掛けている絵が大好きです！　この場を借りて御礼申し上げます。見た人を元気にする素敵な絵でした。そしてコミカライズ、お引き受け頂き感謝しかありません。

副担当編集のＨ様、いつも丁寧な対応、お手紙をありがとうございます。

そして全国の書店員様、校閲様、デザイナー様、印刷所の皆様、全ての方に支えられて二巻を出版することが出来ました。感謝しております。

最後にこの本を手にとってくれました読者様、作品を楽しんで頂けましたなら、僥倖《ぎょうこう》です。

また作品と共にお会い出来ることを願って。

令和六年三月吉日

次巻予告
実用化してみせます
俺は三徹する気はないのだが……
歴史を変える
発売予定！
コミカライズ詳細は次のページに!!

特報！
婚約破棄された私、ロレッタが見つけた就職先は……
ぽん
婚約者でもいらない人間は
いらない
……私
第二王子殿下の婚約者に決まってから色々無理をして頑張りました
うん
だから城下に食べに行ったことがありません
うん？
あのふわふわのクリームとキラキラのフルーツと柔らかく焼いた生地が重なるケーキをです
紅の魔術師ルーシュの侍女！
じゃあ俺と行く？
企画進行中!!

ご友人のシリル様もとてもお優しく
シリル様
私を
ルーシュ様はいつでも侍女の私を守ってくださる
罵倒してください！
私、一生付いていきます！ 終身雇用して下さい！
どうしちゃったのロレッタ？
強い人間になりたいんです！
鍛えて下さい!!
第二王子殿下に言い返せるような…
こんなに可愛いのに罵るなんてむーり
無理無理
王子スマイル
ロレッタ可愛い天使
そ、そこをなんとかっ
無理。
…おい
漫画担当
鳴鹿
コミカライズ

紅の魔術師に全てを注ぎます。好き。2
～聖女の力を軽く見積もられ婚約破棄されました。後悔しても知りません～

2024年6月1日　第1刷発行

著　者　日向雪

発行者　本田武市

発行所　TOブックス
〒150-0002
東京都渋谷区渋谷三丁目1番1号　PMO渋谷Ⅱ　11階
TEL 0120-933-772（営業フリーダイヤル）
FAX 050-3156-0508

印刷・製本　中央精版印刷株式会社

ISBN978-4-86794-173-7